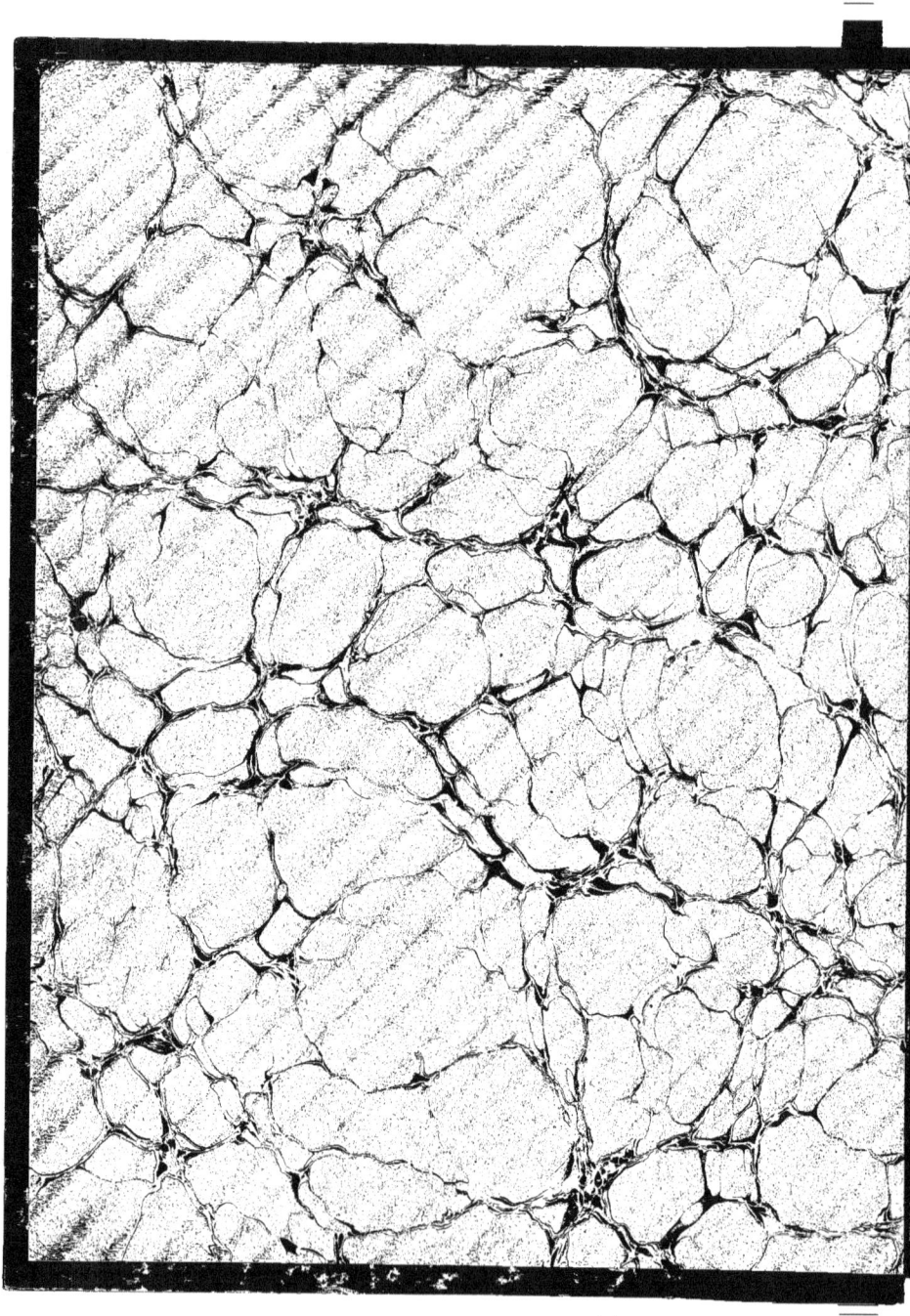

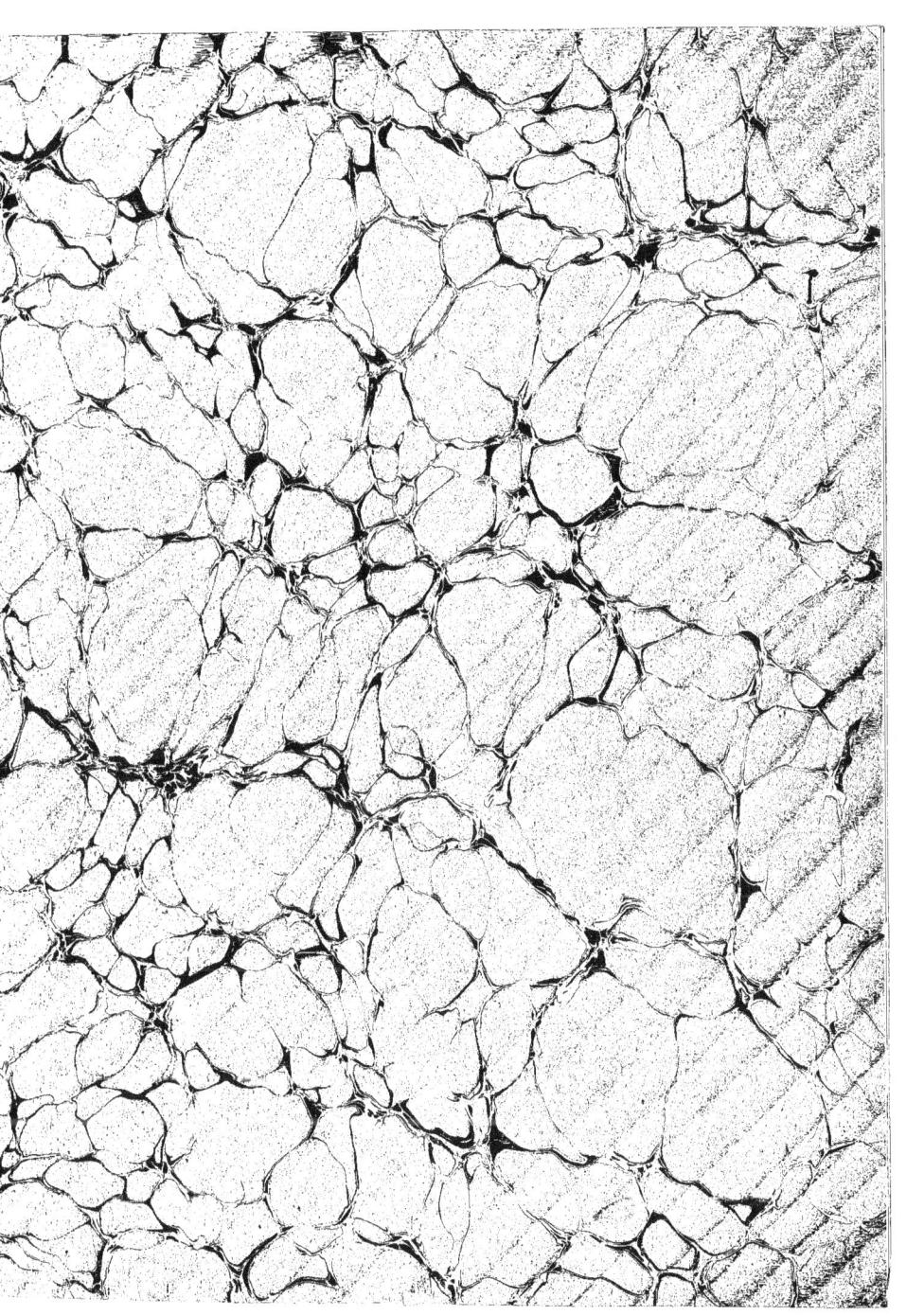

JEHAN-GEORGES VIBERT

LA COMÉDIE

EN

PEINTURE

TOME PREMIER

PUBLIÉ PAR

ARTHUR TOOTH AND SONS

PARIS, 41, BOULEVARD DES CAPUCINES

LONDON, 5 AND 6, HAYMARKET | NEW-YORK, 299, FIFTH AVENUE

1902

JUSTIFICATION DU TIRAGE

Il a été tiré de cet ouvrage deux cents exemplaires, numérotés de 1 à 200, et signés par l'auteur.

Il a été tiré, en plus, cinquante exemplaires dits *de présentation*, destinés à être offerts. Ces exemplaires ne sont pas numérotés, mais portent les noms de leurs destinataires et la signature de l'auteur.

Les planches ont été détruites.

LA COMÉDIE

EN

PEINTURE

JEHAN-GEORGES VIBERT

LA COMÉDIE

EN

PEINTURE

TOME PREMIER

PUBLIÉ PAR

ARTHUR TOOTH AND SONS

PARIS, 41, BOULEVARD DES CAPUCINES

LONDON, 5 AND 6, HAYMARKET | NEW-YORK, 299, FIFTH AVENUE

1902

A MA BELLE-FILLE MARGUERITE

En dédiant cet ouvrage à une demoiselle, c'est assez dire qu'il peut être mis sous les yeux de tout le monde. Plût au ciel qu'il en fût ainsi ! Mais, quel que soit le nombre de ses lecteurs, il se trouvera certainement parmi eux des juges sévères et curieux qui voudront savoir comment et pourquoi il a été conçu. L'auteur déclare donc que, s'il est pour beaucoup dans la production et le classement des matières qui constituent cette œuvre, il n'est pas coupable de l'avoir faite, ni même voulu faire : ce livre s'est fait tout seul ! Voici de quelle façon.

Celui qui écrit ces lignes fut, dès son enfance, passionné pour tout ce qui est comédie. Mais, né dans une famille de peintres-graveurs, il devint, par atavisme et par éducation, peintre lui-même. Au sortir de l'école, il sacrifia, comme tout le monde, sur les autels du grand art. Il peignit des courtisanes repenties, des martyrs livrés aux bêtes, des nymphes, des funérailles et des batailles qui n'intéressèrent personne, pas même lui. Cependant, toujours hanté par le démon de la comédie, il fit quelques tentatives au théâtre ; mais ce n'était pas son métier, et fatalement il s'engagea dans la seule voie qu'il pouvait suivre. Puisque tout se présentait à son esprit sous un aspect comique et qu'il n'avait d'autre moyen, pour exprimer sa pensée, que son pinceau, il fit de la comédie en peinture.

Chaque fois qu'une idée de tableau lui vient, il se représente ses personnages avant et après l'action qu'il veut peindre ; il les fait parler, choisit les accessoires, organise une mise en scène, enfin prépare un scénario comme pour une vraie comédie.

Or, depuis ses débuts, il a mis ses notes et ses croquis dans un carton, comme on met des sous dans une tirelire, et il s'est trouvé qu'au bout de quarante ans il y avait de quoi confectionner un volume.

Voilà donc comment l'on a pu dire que ce livre s'était fait tout seul. Si, maintenant, il n'a pas le bonheur de plaire, son auteur aura l'excuse de tous les enfants pris en faute : c'est qu'il ne l'a pas fait exprès ; et il peut assurer, avec, hélas ! certitude, qu'il ne le fera plus.

J.-G. VIBERT.

Paris, 1901.

LIVRE PREMIER

AU GRAND SIÈCLE

LA LEÇON DE MAINTIEN

AURES ET OCULOS HABENT

UN SECRET D'ÉTAT

COQUELIN-MASCARILLE

LE REMÈDE ROYAL

LE MÉDECIN MALADE

LA LEÇON DE MAINTIEN

EPUIS que l'hôtel d'en face a été vendu, les commérages sur le compte du nouveau propriétaire vont bon train dans le quartier, et, comme toujours, on en raconte d'autant plus, que l'on en sait moins.

On dit que c'est un monsignor, venant de Rome, chargé des missions secrètes du Vatican, qu'il est très bien vu à la cour et que le roi lui a parlé. On croit qu'il est très riche, d'après le faste de ses équipages ; mais on trouve que son luxe est un peu celui d'un parvenu ; car, non content de conserver l'ameublement de son prédécesseur, dont la somptueuse élégance convenait déjà mal à la simplicité d'un homme d'Église, il aurait fait venir d'Italie tout un mobilier en or massif. Quant à sa personne, malgré sa belle prestance, on lui reproche d'avoir l'air un peu lourdaud, ce qui n'aurait rien de surprenant si, comme on le prétend, ce grand personnage est le fils d'un paysan. Voici, du reste, ce qu'à ce sujet l'on raconte.

Un prélat, en promenade, rencontra un jour un petit berger. Frappé de la beauté du visage de cet enfant et surtout de l'éclat de ses yeux, il lui adressa quelques questions, fut émerveillé de l'intelligence de ses réponses, et, l'ayant pris sous sa protection, s'occupa de le faire instruire. Quand le protégé sortit du séminaire, son protecteur, qui venait d'être nommé pape, le plaça près de lui en qualité de secrétaire intime, et voilà comment le petit montagnard qui gardait les troupeaux dans les Abruzzes est devenu le cardinal que l'on sait.

Tout ceci, c'est la légende, dont on ne saurait être bien sûr, à moins de l'aller demander à Rome ; mais il est autre chose de bien plus mystérieux qu'on se chuchote à l'oreille et qui est indéniable : les domestiques ont vu et entendu, et des domestiques attachés à l'Église ne peuvent être soupçonnés d'imposture.

Tous les matins, la petite porte de l'hôtel s'ouvre discrètement pour laisser entrer un homme à l'allure élégante ; l'ombre de son chapeau, qu'il abaisse sur ses yeux, ne permet pas de bien distinguer ses traits ; il ne porte pas l'épée, mais on a remarqué qu'il a toujours dans sa poche un petit violon dont le manche dépasse. Monseigneur reçoit cet homme dans les appartements privés, en galant costume, culotte de velours et soutane relevée, laissant voir ses robustes mollets. Aussitôt arrivé, l'homme au violon retourne les tapis pour laisser le parquet libre ; il fait craquer ses jointures, pirouette sur ses talons, prend des poses dégagées, et, parlant sur le ton du commandement, il dit :

« Les pointes des pieds en dehors... les jarrets tendus... le corps rejeté
en arrière... la tête droite, le sourire aux lèvres... bien !... Les bras en guir-
lande... les petits doigts levés... bien !... De l'aisance, de la grâce... parfait !

« Maintenant, la grande révérence.... Nous avançons le pied gauche
et nous portons le corps en avant... les bras étendus, dans un noble
élan... bien !...

« Encore un pas, en pliant les jambes.... Nous glissons, onduleux, flexibles, et, par un mouvement naturel, nous dirigeons le chapeau vers la gauche.... très bien !

« Puis, saisissant le chapeau de la main gauche, nous nous redressons fièrement, la main droite appuyée sur le cœur.... parfait !... Seulement, Monseigneur s'est trompé de main et n'a pas saisi le chapeau. Recommençons. »

Eh bien! mon Dieu, oui, tout cela est vrai; mais ce n'est pas une raison suffisante pour répéter avec les mauvaises langues que Monseigneur prend des leçons de danse.

L'eût-il fait, d'ailleurs, qu'il n'y aurait pas grand mal, et qu'il ne serait pas le premier. Le cardinal de Richelieu a dansé devant Anne d'Autriche; c'est un fait que l'histoire affirme. Or, comme on ne danse pas sans savoir, qu'on ne le sait pas de naissance, qu'il faut l'avoir appris et qu'on ne l'apprend pas tout seul, la déduction rigoureusement logique est que Richelieu a dû avoir un maître à danser.

Par cet exemple, placé si haut qu'on ne pourrait ne pas être fier de l'imiter, Monseigneur serait donc absous d'avance. Cependant, d'un autre côté, il se souvient que, n'étant encore que simple abbé, il est souvent monté en chaire pour tonner contre les plaisirs mondains qui détournent des devoirs pieux, et c'est justement la danse qu'il a le plus violemment attaquée. Alors, comme, malgré sa profonde modestie, il est bien forcé de savoir que ses sermons ont eu un prodigieux retentissement dans le monde entier, il comprend très bien quel fâcheux étonnement l'on aurait de lui voir faire lui-même ce qu'il a tant blâmé chez les autres.

Et cependant, n'est-ce pas compromettre la dignité de l'Église que d'être ridicule quand on la représente à la cour? Certes, un beau visage, une noble tournure imposent le respect; mais encore faut-il qu'une démarche disgracieuse ne fasse pas sourire, qu'un manque d'étiquette ne fasse pas rougir. On ne salue pas sur les marches d'un trône comme dans une sacristie. Décidément aussi, Monseigneur ne peut pas faire aujourd'hui ce qu'il condamnait hier; ce serait aller au-devant des épigrammes, tout au moins laisser croire que la vertu n'est pas la même pour le prêtre selon qu'il est de noir ou de rouge habillé. Et, si c'est la vérité, que le cardinal ne pense plus ce que pensait l'abbé, il ne faut pas l'avouer.

Voilà pourquoi M. Flutiot, le maître à danser de l'Opéra, se nomme, à l'hôtel, maître de cérémonie, et donne à Monseigneur des leçons de..... maintien!

AURES ET OCULOS HABENT

Un psaume que l'on chante aux offices du dimanche blâme ceux qui, ayant des oreilles, n'entendent pas, et qui, ayant des yeux, ne voient pas. Il est donc bien naturel que les pasteurs, chargés de conduire les âmes, prennent grand soin de ne pas être de ces aveugles-sourds dont parle l'Écriture sainte ; surtout, quand l'usage de la vue et de l'ouïe, adroitement appliqué, peut être utile au bien général.

Les serrures n'ont pas des trous et les portes des fentes rien que pour laisser siffler les courants d'air. Il y passe aussi des secrets ; mais, les uns et les autres s'y faufilant en même temps, on ne peut surprendre ceux-ci sans attraper ceux-là, et, en adaptant l'œil ou l'oreille à l'orifice de ces petits couloirs, on risque la fâcheuse conjonctivite ou la funeste otite, plus cruelle encore. Aussi, lorsque l'on voit la pimpante soubrette avec un bandeau sur l'œil ou la face glabre d'un laquais emmitouflée d'une mentonnière, on peut, le plus souvent, dire que c'est pain bénit. C'est la juste punition de ces curieux vulgaires qui n'ont d'autre mobile que d'occuper leur oisiveté, d'alimenter leur passion des commérages, ou, ce qui est plus grave, de satisfaire leur haine du prochain, en faisant moisson de médisances. Mais, quand la découverte d'un secret peut servir une sainte cause, empêcher un scandale, sauver l'honneur d'une famille, quelquefois même la tête d'un innocent, quand enfin le but est noble, l'action d'écouter aux portes et de guetter par le trou des serrures devient méritoire. On peut presque affirmer, en tenant compte des pénibles accidents auxquels elle risque de donner lieu, qu'il y a un certain courage à l'accomplir.

Cependant, pourra-t-on objecter, n'y a-t-il pas d'autres moyens plus convenables, tout au moins plus dignes, de se procurer les renseignements que l'on a intérêt à connaître ? Certes, la diplomatie doit en avoir d'autres ; et si, en certains cas, elle a recours à celui-là, elle s'en rapporte à des subalternes pour faire cette besogne. On ne se figurerait pas facilement M. de Metternich ou Talleyrand dans ces postures bizarres. Et puis, si l'usage s'en généralisait, les ministres, les secrétaires d'État, les députés, les sénateurs, les magistrats, les généraux, etc., seraient tous de chaque côté de toutes les portes. Alors, personne ne resterait pour parler dans les salons ; plus rien que des voyeurs et des écouteurs retenant leur souffle ; et comme tous les trous de serrure seraient obstrués par l'œil d'en face, ce serait l'immobilité, le silence et l'obscurité. Tous les palais deviendraient le château de la Belle au bois dormant.

D'ailleurs, nous n'avons à nous occuper aujourd'hui que des hommes d'État qui appartiennent à l'Église, et, dans ce cas particulier, il a déjà dû venir à l'esprit du lecteur que les secrets qui traversent les portes passent encore plus facilement par la grille d'un confessionnal et peuvent être ainsi recueillis de façon toute naturelle, beaucoup plus amplement d'abord, beaucoup plus commodément ensuite, et, surtout, beaucoup plus dignement, puisqu'il n'y a pas d'indiscrétion à les entendre. Quoique tout le monde n'aille pas à confesse et que ceux qui y vont ne racontent que ce qu'ils ont fait, quand il serait souvent plus intéressant de savoir ce qu'ils vont faire ; quoique, si l'on doit s'accuser de ses péchés, on ne soit pas tenu de nommer ses complices, le confessionnal serait un moyen, si ce n'est suffisant, au moins fort utile.

Oui, mais.... Il y a un mais... très grave : c'est qu'on ne doit pas divulguer ce qu'on a entendu en confession. Or, un secret n'a de valeur que si l'on peut s'en servir. Aussi, lorsqu'un premier ministre, coiffé de la barrette, comme cela arrivait

16

souvent autrefois, avait la double mission de gouverner l'État et de diriger les cons-
ciences, s'efforçait-il de s'emparer dès la veille des secrets qu'une jolie pénitente
aurait pu, le lendemain, enfermer à tout jamais dans l'oreille du confesseur.

UN SECRET D'ÉTAT

L ES tableaux portent quelquefois des titres pompeux auxquels ils n'ont pas droit. Celui-ci, par exemple, représente un soldat qui vient d'apporter un message, de grande importance sans aucun doute, car on l'a tout de suite introduit dans le cabinet de Son Éminence. Avec sa tenue de route, tant soit peu débraillée, et la crotte dont il est éclaboussé, ce porteur de dépêche a plutôt l'air d'un sacripant que d'un brave militaire, et l'on aurait pu, par antithèse, intituler ce tableau *Un homme de confiance* aussi bien qu'*Un secret d'État ;* mais il devrait, en réalité, s'appeler simplement *A propos de bottes,* car c'est ainsi qu'il a été fait.

Que l'on se figure, à la vitrine d'un marchand d'antiquités, une paire de bottes du dix-septième siècle, et devant cette vitrine un peintre passant. Il est fasciné, il entre, il demande à voir de près, il palpe les précieuses reliques, son œil curieux scrute les moindres détails ; il promène une main fiévreuse sur le cuir durci. Les chaudrons, les tiges, les empeignes, les éperons dorés sous la rouille avec leurs boucles, les pattes, les sous-pieds, les hauts talons chevillés de bois, les semelles quadruples cousues dans l'épaisseur, tout est du temps, tout est intact. Il y a même encore de la boue dans les interstices des coutures : de la boue Louis XIV ! Merveille ! C'est à troubler l'esprit d'un collectionneur, c'est à faire jaunir de dépit un confrère. « Combien ?... » C'est raide, mais si tentant ! Et le peintre, le cœur gonflé, la tête haute, emporte le trésor à son atelier. La journée, la soirée, une partie de la nuit se passent à nettoyer, brosser, dérouiller, graisser, et, quand la lune se lève, un pâle rayon glissant à travers le grand châssis vitré vient éclairer de sa lueur opaline les deux grandes bottes toutes droites placées au milieu de la table, tout près du lit où l'heureux artiste s'endort en les contemplant.

Alors, comme le dit Homère, Morphée ouvre discrètement la porte des songes !

Sur la route poudreuse, un courrier galope ; les grands pans de son justaucorps de peau d'élan chamoisée battent à ses côtés ainsi que des ailes ; ses cheveux, noués de même que la queue de son cheval, se soulèvent et retombent ; la plume de son feutre se tord sous le vent comme une flamme ; la poignée de son épée et les pommeaux de ses pistolets, passés dans sa ceinture, font des étincelles mouvantes qui s'allument au soleil. Son coursier est enveloppé d'un nuage de poussière dans lequel apparaissent tour à tour les quatre fers luisants des sabots. Dans cette course vertigineuse, les bottes seules restent immobiles, serrées aux flancs de la bête. La cervelle de l'homme peut vagabonder aux pays des souvenirs ou des espérances ; elle peut même dormir :

19

les bottes veillent. Toute l'âme du cavalier est dans les bottes. C'est aussi dans leur haute tige qu'est enfoui, sous pli cacheté, le secret d'État qui va peut-être bouleverser le monde, comme le frêle esquif qui, pendant la tempête, portait César et sa fortune !

Où vont-elles, ces bottes ? et d'où viennent-elles ? Qu'importe ! Comme le vent, elles passent, allant des armées victorieuses à la capitale ou bien de Versailles à Rome, traversant les plaines, les montagnes, les torrents, et c'est grâce à elles qu'on écrira l'histoire.

Les chevaux qu'elles ont éperonnés sont tombés, fourbus, sur les grandes routes, noyés, emportés par le courant des rivières, roulés au fond des précipices, écrabouillés par la mitraille. Tous ceux qui les ont chaussées, courriers, soldats, bandits, succombant par le fer, la maladie ou la vieillesse, ont quitté la vie, et, depuis le long temps qu'elles sommeillent dans la poussière d'un grenier, d'autres hommes sont nés qui sont morts à leur tour. Elles seules, les vieilles bottes, témoins muets de tant de gloires, sont restées. Cela ne valait-il pas que la peinture en conservât la fidèle image ?

Pour nous et nos fils, elles représenteront toute une époque déjà lointaine. Elles évoqueront les souvenirs de ces héros fantastiques de cape et d'épée si chers à tous les cœurs de France.

Plus tard, dans l'avenir, passant à l'état d'antiquités curieuses, elles occuperont les archéologues, et, plus tard encore, les savants seuls pourront dire ce que c'était.

Car aussi le temps viendra où des bottes de cheval sembleront plus étranges que des hiéroglyphes, quand l'électricité, les gaz liquéfiés et toutes les inventions futures

auront supprimé le noble quadrupède que l'homme considéra longtemps comme sa plus belle conquête !

Alors on racontera, dans des contes de fées, qu'il y avait autrefois des porteurs de dépêches mangeant et dormant dans les auberges comme de simples mortels, qui faisaient seuls le service de la poste, livrant ainsi les correspondances privées ou

20

publiques à toutes les aventures des grands chemins, et que, du haut des tourelles, partaient des messagers aériens plus rapides et plus discrets, il est vrai, mais moins sûrs ; car on avait à craindre non seulement le plomb du chasseur, l'ouragan, la serre cruelle des oiseaux de proie, qui égarent, blessent ou tuent le pigeon voyageur, mais encore les querelles et l'amour, qui l'arrêtent ou le détournent.

Le portrait que l'on peint, on le voudrait écrire ;
Mais, alors qu'on l'écrit, à le peindre on aspire.

Poquelin (dit Molière) a créé un personnage qu'il a nommé Mascarille et dont il fut doublement le père, comme auteur et comme acteur. Or, voilà qu'après deux siècles un autre acteur, portant presque le même nom, Coquelin, s'est incarné dans ce personnage, au point que l'on pourrait croire qu'en faisant Mascarille Molière avait prévu Coquelin.

C'est pourquoi, faisant aujourd'hui le portrait de Coquelin, il faut aussi faire celui de Mascarille, si l'on veut que tous les deux soient ressemblants.

Mascarille est le type le plus complet des valets courtisans qui figurent si souvent dans le théâtre d'autrefois. C'est un personnage à faces multiples, changeant à tout propos de forme et de langage, qui a précisément pour rôle de jouer la comédie dans la comédie, et dont le caractère est, pour cela, difficile à définir si on ne procède pas avec beaucoup d'ordre. Or, pour ce faire, la méthode analytique est encore la meilleure.

Comment est Mascarille physiquement ?

Il est de taille moyenne, ni gras ni maigre, souple, nerveux, agile, rapide à la course, avec des pieds d'équilibriste et des mains d'escamoteur, pouvant très bien représenter un saltimbanque, et au besoin un grand seigneur, mais sans élégance.

22

La tête n'a rien de bien extraordinaire : ni le grand front du poète, ni les yeux noyés d'ombre du penseur, ni le nez en bec d'aigle des grands capitaines. Cependant la bouche est intéressante, bien dessinée, s'ouvrant largement sur des dents blanches, de grand appétit ; elle est particulièrement railleuse et spirituelle. Les traits, d'une extrême mobilité, se prêtent à toutes les grimaces, peuvent rendre toutes les expressions, de la plus niaise à la plus futée, de la plus triste à la plus joyeuse, et prendre toutes les physionomies, aussi bien du plus franc honnête homme que du plus hypocrite sycophante.

La voix est harmonieuse, d'un timbre sympathique, avec des notes éclatantes de trompette. Ceci n'est pas pour vouloir dire qu'il parle du nez, quoique la forme de ce dernier puisse y faire méchamment penser.

Il faut joindre encore à tous ces dons de la nature l'ouïe la plus fine, le flair le plus délicat et la vue la plus perçante ; mais cependant, si le regard est hardi, on y lit, comme en un livre ouvert, la licence, le mensonge et l'absence totale de toute honte.

Voici notre homme au physique. Quel est maintenant Mascarille au moral ?

Heu ! heu ! C'est un peu compliqué.

A-t-il des qualités ?

Il n'en a pas, ou, du moins, n'emploie-t-il les facultés de son esprit qui pourraient passer pour telles qu'à faire réussir des intrigues pour lesquelles il n'a recours qu'à des moyens malhonnêtes, si tant est que le but en soit louable quelquefois. En effet, il est adroit, rusé, habile comme pas un pour endormir la jalousie d'un mari, tromper la surveillance d'un gardien, mystifier un tuteur, subtiliser les écus d'un avare ou bercer de fausses espérances les barbons amoureux.

S'agit-il de gagner une femme à sa cause, duègne ou soubrette, il est tour à tour séduisant, gracieux, emmiellé, obséquieux. C'est le plus parfait enjôleur qui se puisse voir.

Veut-il déjouer les projets d'un adversaire, nul mieux que lui ne saurait s'y prendre.

Ce Machiavel d'antichambre a des trésors de diplomatie et des ressources d'imagination infinies. C'est un de ces vieux renards madrés qui ont plus d'un tour dans leur sac et qu'on ne prend jamais sans vert. Enfin, il n'a pas son pareil pour préparer un stratagème, dresser une embûche, tendre un piège, en y mettant l'appât

23

qui convient au gibier que l'on veut prendre ; et, comme le pêcheur à la ligne, il sait attendre avec patience que sa victime morde à l'hameçon. Avec cela, beau parleur, sachant embobeliner son monde ; tant soit peu robin, connaissant toute la gabegie des manigances captatoires et frustratoires, grand amuseur, diseur de calembredaines, raconteur de bourdes ; charlatan abusant de la crédulité des naïfs, à qui il ferait voir des étoiles en plein midi, et se gaudissant de leur faire prendre des vessies pour des lanternes.

Si toutes ces qualités mal employées ne constituent pas un bagage bien honorable, faudrait-il, au moins, reconnaître que Mascarille est fidèle ?

Oui et non, c'est-à-dire que, flattant les vices de son maître et servant ses passions, il se mêle à toutes ses affaires et en poursuit la réussite avec autant de zèle que si elles étaient siennes. Si même celui-ci, découragé, abandonne une intrigue entamée, le valet, plus tenace, la continuera pour son propre compte.

Quoiqu'il ne dédaigne pas, en récompense de ses services, une bourse d'or, ce n'est pas cependant l'appât du gain qui le fait agir ; mais ce n'est pas non plus son attachement pour son maître, car il menace de le quitter à chaque instant.

Alors, pourquoi se donne-t-il tant de mal ?

24

Il le dit lui-même : « Pour la gloire. » Et quelle gloire ? Celle d'être partout vanté pour un fourbe sublime. Pour que sur son portrait on écrive en lettres d'or : *Vivat Mascarillus, fourbum imperator !*

Quels sont, à présent, les défauts de ce glorieux bizarre ?

Il les a tous, non pas à l'état permanent, mais il les prend suivant les besoins de sa cause et il ne recule devant aucune mauvaise action pour arriver à son but. Il sera menteur, faussaire, parjure, voleur même, sans le moindre remords. Il n'irait cependant pas jusqu'à verser le sang, étant, au fond, plus fanfaron que brave, et craignant les hommes de justice, parce qu'il les connaît.

En résumé, Mascarille, doué corporellement de toutes les facultés qui font l'homme d'action, est aussi bien partagé sous le rapport de l'intelligence. C'est un individu qui, bien élevé, instruit et en contact avec des gens honnêtes, aurait pu devenir un homme utile et distingué, pouvant se faire une belle place dans la carrière diplomatique, sans cependant être un aigle, et qui n'est arrivé qu'à être un effronté coquin.

Pourquoi ?

Ne serait-ce peut-être pas, justement, pour avoir eu la prétention de devenir un aigle ? La synthèse du caractère de Mascarille serait un orgueil démesuré. Tout au moins, Molière, qui le connaît bien, nous le donne à penser quand il nous dit, dans sa comédie des *Précieuses ridicules,* que « c'est un extravagant qui s'est mis dans la tête de vouloir faire l'homme de condition ».

LE REMÈDE ROYAL

Extrait du Registre des ordonnances de l'apothicairerie
royale, folio 192, au recto, en fac-similé.

Certifié conforme.

APOTHICAIRERIE ROYALLE

Versailles, 23 Décembre

Ce Jourd'hui, à 3 heures de relevée, moi, Thomas Fleurant, soussigné Droguiste, Herboriste, Apothicaire de Sa Majesté, agissant en vertu des pouvoirs afferens à ma Profession, qui m'ont été conférés par la Faculté & en accomplissement des fonctions que je remplis à la Cour j'ai, sur ordonnance des Médecins du Roy, préparé de mes mains le remède, portant le N.° 296.ème de l'année, composé des ingrédiens & aux fins que suivent :

♃ Pour adoucir & linéfier.
Décoctions d'espèces émollientes dans
du lait :   ℔j

    Graines de lin, Racine de
    Guimauve & mie de pain   } aa ℥j

Infusions d'Espèces béchiques :

    Fleurs de Mauve, Pied-de-chat,
    Tussilage & Scolopendre   } aa ℥j

Pour procurer un sommeil calme &
réparateur, comme aussi pour que les songes
en soient hilarans & agréables,

    Tête de Pavot N° 1
    Extrait de Chanvre Indien   ℥j
    Thériaque   ℥IVj

Pour dégager les humeurs peccantes,
chasser le marasme & remédier à tous
inconvéniens quelconques qu'il plairoit
à Sa Majesté d'avoir,

    Anis
    Coriande   } aa ℥Vj

Pour donner la douce suavité des
parfums d'Orient :

    Essence de Rose,   2 gouttes
    Huile volatile de Romarin,   1 goutte
    idem   de fleurs d'oranger. 3 gouttes.

Le tout édulcoré avec le miel de Narbonne & ajouté, pour en relever le goût, les condimens favoris de Sa Majesté, d'après note fournie par Messieurs les Officiers de la bouche.

Lequel remède, certifié conforme aux précédentes formules & prescriptions, maintenu à la température corporelle, sera administré, en tems & lieu qu'il en sera ordonné, avec tous les soins & respect qu'il convient & s'il plaît à Dieu —

Thomas Fleurant

« Est-ce qu'il va mourir chez moi ?... Il ne manquerait plus que cela ! »

(SCÈNE III. — Argan. *Il l'asperge d'eau.*)

LE MÉDECIN MALADE

COMÉDIE EN UN ACTE

PERSONNAGES

ARGAN, malade imaginaire.

THOMAS DIAFOIRUS, médecin.

Le théâtre représente un salon bourgeois. Boiseries grises et tapisseries. Porte à droite et porte à gauche masquée par un paravent de cuir. Au fond, une table sur laquelle est la perruque reposant toute coiffée sur une tête de bois. Sur le devant de la scène, à gauche, fauteuil à haut dossier, autre fauteuil à droite, et, entre les deux, petite table avec tasse et théière. Au premier plan, un brasero dans les cendres duquel chauffe une petite bouillotte.

SCÈNE PREMIÈRE

ARGAN, DIAFOIRUS

(*Au lever du rideau, Argan est endormi sur le grand fauteuil. Il est vêtu d'une robe de chambre à ramages, fichu de mousseline, pantoufles fourrées, bonnet de linge à rubans jaunes. Ses pieds reposent sur un haut tabouret et sa tête sur un large oreiller. Sur l'autre fauteuil est assis Diafoirus. Il porte le costume de sa profession, grande robe noire et chapeau pointu.*)

DIAFOIRUS. (*Il se verse une tasse de tisane.*)

Je ne sais pas si c'est le melon ou le homard.... (*Il boit et repose la tasse.*)

ARGAN, *s'éveillant au bruit.*

Hein? Qu'y a-t-il?

DIAFOIRUS

Rien. Réveillez-vous lentement; il ne faut pas exciter les humeurs sitôt après le repas, surtout quand il a été copieux.

31

ARGAN, *d'une voix faible.*

Oh ! bien simple !

DIAFOIRUS

Comme amphytrion, vous pouvez le trouver tel ; mais je déclare, comme hôte, que le dîner dont vous venez de me régaler était plantureux, et, comme médecin, je dirai même un peu bien substantiel.... Comment vous sentez-vous ?

ARGAN

Pas trop mal. La digestion se fait.

DIAFOIRUS

Je le vois, la face se colore.

ARGAN

Je suis rouge ?

DIAFOIRUS

Vous avez trop mangé de homard.

ARGAN

Moitié moins que vous, sans reproche.

DIAFOIRUS

Oui, mais vous êtes malade, et je suis médecin. Nous vous donnerons, ce soir, une riche purgation.

ARGAN

Encore ?

DIAFOIRUS

Si vous pouviez vous voir !... Vous êtes pourpre !

ARGAN, *avec inquiétude.*

Vous craignez une attaque ?

DIAFOIRUS

Non !... Cependant, je crois qu'une petite saignée est tout indiquée pour demain.

ARGAN

Je n'ai plus de sang, docteur !

32

Ah ! ah ! du sang ? on en a toujours trop, et vous en avez à revendre, de quoi occuper la Faculté tout entière, si je n'étais capable d'y suffire à moi seul. Ah ! ce n'est pas pour me vanter, mais sans moi, sans mes soins assidus, il y a longtemps que vous ne seriez plus dans ce fauteuil.

ARGAN, *ému.*

Vous ne m'abandonnerez jamais ?

DIAFOIRUS, *avec effusion.*

Jamais, cher monsieur Argan ! jamais ! Si ce n'était pour l'amitié que vous m'avez inspirée, ce serait pour l'amour de la science. Un cas comme le vôtre, pensez donc ! une maladie inconnue, qui n'attaque aucun organe, qui n'offre aucun symptôme, et qui, sous la forme de pléthore, vous envahit, vous mine sourdement, sans secousses, sans souffrances.... Car vous ne pourriez dire d'où vous souffrez ?

ARGAN, *naïf.*

Non !

DIAFOIRUS

Ni de la tête, ni de l'estomac, ni du cœur ?

ARGAN, *de même.*

Non !

DIAFOIRUS

Ni des membres, ni des reins ?

ARGAN, *presque avec regret.*

Non !

DIAFOIRUS

C'est bien cela ! le *malum incognitum* des anciens !

ARGAN, *avec anxiété.*

C'est incurable ?

DIAFOIRUS

Incurable ! Que dites-vous ? Mais incurable n'est pas français, monsieur ! C'est un

33

mot qui vient du latin et qui signifie qu'une maladie ne peut se soigner. Dites inguérissable, peut-être.... mais non incurable. Je vous soignerai longtemps encore, je l'espère.... et, pour le mieux faire, j'ai décidé que dorénavant je vous visiterai régulièrement deux fois par jour.

ARGAN, lui prenant la main.

Ah ! que de gratitude ne vous devrai-je pas ?

DIAFOIRUS, à part.

J'espère bien qu'il me devra autre chose ! (Haut.) Comme vous avez les mains chaudes !... Voyons le pouls. (Il tire sa montre.)

ARGAN, après un silence pendant lequel il consulte l'expression grave du docteur.

Eh bien ?

DIAFOIRUS

Normal ! Tout est normal, le pouls comme le reste. Ah ! qu'il est heureux que vous soyez entre mes mains !... Savez-vous ce qui arriverait, si vous aviez le malheur de vous confier, je ne dirai pas à un ignorant.... ce serait désigner trop de mes confrères.... mais à un imbécile.... ils ne le sont pas tous !... Il vous dirait : « Mangez, buvez, marchez, prenez de la distraction ; vous n'êtes pas malade. » Et, un beau jour, tôt ou tard, vous passeriez de vie à trépas, tout doucement, peut-être sans vous en apercevoir.

ARGAN, avec effroi.

Ah ! mon Dieu ! mon bon docteur !

DIAFOIRUS

Il ne suffit pas de dire : « Mon bon docteur » ; il faut m'obéir en tous points.... Et, à propos, avez-vous pris la dernière potion que je vous ai apportée ?

ARGAN

Pas encore.

DIAFOIRUS

Il faut la prendre ; et il est de la dernière importance que vous me disiez, après,

34

ce que vous aurez ressenti. (*A part.*) C'est un médicament nouveau, que je ne connais pas. Je ne le crois pas nuisible ; cependant, il est préférable de l'essayer sur un client solide. (*Haut.*) Vous entendez, il faut que je sois sûr que vous ne l'oublierez pas.

ARGAN

Je vais la prendre devant vous. (*Il saisit la théière.*)

DIAFOIRUS

Hein ? que faites-vous ?

ARGAN, *interloqué.*

Je verse la potion.

DIAFOIRUS

C'est de la camomille !

ARGAN

La potion est dedans.

DIAFOIRUS, *troublé.*

Mais, alors, je viens d'en boire ! (*Il pâlit.*) Ah ! mon Dieu ! c'est moi qui l'ai prise ! (*Il se frotte l'estomac.*)

ARGAN, *riant.*

Vous saurez encore mieux l'effet qu'elle produit.

DIAFOIRUS, *de plus en plus alarmé.*

Ne riez pas, malheureux !

ARGAN

Ça ne peut pas vous faire de mal.

DIAFOIRUS. (*Il se passe la main sur le front.*)

Je suis tout étourdi.

ARGAN

Ça n'est pas malsain.

DIAFOIRUS

Qu'en savez-vous ?

35

ARGAN

Vous me l'avez ordonnée.

DIAFOIRUS

Vous êtes malade, vous ; moi, je n'en avais pas besoin.... Ah ! mon ami, je suis bien mal !

ARGAN

Qu'éprouvez-vous ?

DIAFOIRUS

C'est dans la tête que ça me bourdonne.... et puis, mal au cœur.

ARGAN

Vous êtes pâle, en effet.... Voyons la langue.

DIAFOIRUS. (*Il tire la langue.*)

Ah !

ARGAN

Un peu chargée.... C'est le melon qui ne passe pas. Vous en avez pris d'une façon déraisonnable.

DIAFOIRUS

Ça me gargouille ! (*Il se tient le ventre.*)

ARGAN

Ou le homard.... Vous avalerez une bonne purgation.

DIAFOIRUS

Non ! (*D'une voix éteinte.*) c'est la potion.

ARGAN

En tout cas, ce n'est pas du poison.

DIAFOIRUS, *terrifié.*

Du poison !... ah !... oh !...

ARGAN

Il s'évanouit ?... Ah ! mon Dieu ! de l'eau !... du vinaigre !... (*Il appelle.*) Toinon ! Jasmin ! Pierre !... Il n'y a donc personne dans cette maison ?... Voilà comme je suis

36

soigné ! Je pourrais trépasser sans qu'on vienne à mon secours !... Toinon ! (*Il sort à droite. On entend sa voix au dehors.*) Pierre ! Jasmin !

SCÈNE II

· DIAFOIRUS, *seul.* (*Il parle sans rouvrir les yeux, comme dans un rêve.*)

Venenum.... toxicon.... toxicodendron.... belladona.... vomito negro.... apoplexie.... paralysie.... hypertrophie.... (*La montre, échappée de sa main pendante, tombe à terre, et le verre se casse avec bruit.*) Ah ! mon cœur vient d'éclater !

SCÈNE III

ARGAN, DIAFOIRUS, *toujours évanoui.*

ARGAN. (*Il rentre précipitamment avec un pot à l'eau et une burette de vinaigre.*)

Il est toujours sans connaissance ! (*Il l'asperge d'eau, lui verse du vinaigre sur le front et lui passe la burette sous le nez.*) Est-ce qu'il va mourir chez moi ?... Il ne manquerait plus que cela !

DIAFOIRUS

Assez ! assez !

ARGAN, *avec empressement.*

Enfin ! vous voilà sauvé !... Mais il ne faut pas rester ici. On va vous reconduire dans ma chaise. (*Il appelle.*) Toinon ! (*Allant à la porte et criant.*) Les porteurs ! la chaise ! préparez tout ! (*Il retourne, effaré, près du médecin et lui lance de l'eau.*) Du courage ! (*Retournant à la porte.*) Qu'on retire les coussins neufs ! (*Revenant à Diafoirus.*) Dans un instant vous serez dehors. L'air vous remettra. (*A la porte, même jeu.*) Il ne pourra pas marcher. Qu'on monte le prendre !... Ils ne comprennent pas.... Ah ! cette valetaille ! (*Il sort.*)

SCÈNE IV

DIAFOIRUS, *seul.* (*Il se ranime peu à peu, il redresse la tête.*)

Si jeune, victime de la science ! (*Il tâte son front, ruisselant de l'eau du pot.*) La sueur de

1. — f

l'agonie ! (*Il regarde ses longues jambes étendues.*) La raideur cadavérique !... déjà !... (*Il se livre à une scène de pantomime pendant laquelle il fait jouer tous ses organes, tourne les yeux, ouvre la mâchoire, tire la langue, et fait plier toutes les articulations de ses membres.*)

SCÈNE V

DIAFOIRUS, ARGAN

ARGAN. (*Il entre essoufflé.*)

Diafoirus ! Diafoirus ! il n'y a pas de po... dans la camo.... (*Il suffoque.*)

DIAFOIRUS, *d'une voix caverneuse.*

Qui parle dans ma tombe !

ARGAN, *reprenant son souffle.*

Dans la camomille il n'y avait rien. Ce n'est que le homard.

DIAFOIRUS. (*Il hoche tristement la tête.*)

On ne trompe pas la science !

ARGAN

Mais puisque vous n'avez rien pris !

DIAFOIRUS. (*Il lève les yeux et porte la main à son estomac.*)

Venenum !

ARGAN

Je vous l'affirme. Toinon n'a pas mis la potion dans la tisane, comme je le lui avais ordonné.

DIAFOIRUS, *incrédule.*

Elle le dit.

ARGAN

Elle m'a fait voir la bouteille encore pleine, avec son bouchon cacheté de votre sceau.

DIAFOIRUS. (*Il revient peu à peu à la vie pendant ce récit.*)

Se peut-il ?

38

Elle vous la remettra tout à l'heure. Seulement, ne la grondez pas. Elle est déjà toute en larmes.

DIAFOIRUS

Pauvre fille ! m'aimerait-elle à ce point ?

ARGAN

Non. C'est qu'elle vient de m'avouer qu'il en était ainsi chaque jour. Elle jette tous les médicaments que vous apportez et les remplace par de l'eau.

DIAFOIRUS. *(Il se lève d'un bond et saisit sur la table un flacon bleu qu'il débouche et flaire un instant; il en verse une goutte sur son doigt et le porte à ses lèvres.)*

Aqua simplex !... Ah ! la carogne ! se jouer ainsi de Thomas Diafoirus !

ARGAN

Vous lui devez, au contraire, votre plus belle victoire ; car vous m'avez guéri, docteur, et je vais de ce pas l'aller dire par toute la ville.

DIAFOIRUS, *reprenant toute son énergie.*

Ah ! c'est comme cela ! Parce que vous avez failli me perdre, vous vous êtes cru délivré !... *(Se reprenant.)* hors de danger !... *(Avec ironie.)* Guéri ?... Vous êtes fou !

ARGAN, *avec allégresse.*

Je n'ai jamais été malade. *(Il pirouette sur ses talons.)* Toinon le sait bien.

DIAFOIRUS

Je le sais parbleu bien aussi ! Vous jouissez d'une santé superbe. Vous mangez, vous buvez, vous dormez admirablement ; vous avez les reins solides et des jarrets d'acier. Je sais tout cela. Seulement... *(Avec solennité.)* on en meurt, de ces santés-là, monsieur Argan ! Et c'est ce que vous êtes en train de faire !

ARGAN, *ouvrant les yeux avec inquiétude.*

Moi ?

DIAFOIRUS, *le fascinant.*

Vous êtes cramoisi !

ARGAN. *(Il chancelle.)*

Je suis cra.... Ah ! mon Dieu ! *(Il tombe assis sur son fauteuil.)*

39

DIAFOIRUS, *arrangeant son oreiller.*

Nous allons conjurer cela.

ARGAN, *éperdu.*

Ne me quittez pas !

DIAFOIRUS

Soyez sans crainte, je reste ; mais calmez-vous, tâchez de dormir un peu.

ARGAN, *de la même voix éteinte qu'il avait au début.*

Comme ça m'a repris vite !

DIAFOIRUS

Ne parlez pas !... chut !... Dormez !... dormez !... (*Avec force.*) Je le veux !... (*Penda* qu'Argan s'assoupit, Diafoirus s'assied en face de lui et se verse une tasse de tisane, comme au lever *rideau.*) Ces malades ! ils ont tous la manie de se croire bien portants. Si on l écoutait, il n'y aurait plus besoin de médecins.

LIVRE SECOND

LA PRESSE ET LES LETTRES

LES JOURNAUX

LA CORRESPONDANCE

LA SERVANTE INDISCRÈTE

VIEUX SOUVENIRS

AUTOUR DU BRASERO

LA RÉPONSE A LA MARQUISE

LES JOURNAUX

OURQUOI ne doit-on pas toucher à la presse ?

— C'est peut-être déjà bien audacieux de le demander.

— Autrefois, on disait : « Ne touchez pas à la Reine ! » Serait-ce que la presse, étant aujourd'hui la reine du monde, on lui doive cette marque de respect ?

— D'abord, ce n'en serait plus une ; car, depuis la République, il y a des reines partout, en France, auxquelles on peut toucher : les reines de la mode, les reines des halles, les reines des lavoirs, etc. Et puis, c'est quelquefois pour d'autres raisons que l'on ne touche pas à de certaines choses. Il y en a qui dégoûtent au point qu'on ne les prendrait pas avec des pincettes ; il y en a d'autres qu'on n'ose même pas approcher, parce qu'elles vous font peur. On ne touche pas la main des gens que l'on méprise.

— Alors, si ce n'est ni par respect, ni par dégoût, ni par crainte, ni par mépris, pourquoi ne doit-on pas toucher à la presse dans un pays où l'on touche à tout ? Est-ce un mystère ?

— Oh ! non ! on le sait très bien. Pas vous, pas moi, bien entendu ; mais tout le monde.

— On ne peut donc pas le dire ?

— Mais si ! vous le pouvez, je le peux. Seulement, personne ne le dira. Déjà même en avons-nous trop parlé, et, si vous continuez, je répondrai à toutes vos questions comme les Normands : « Peut-être bien que oui, peut-être bien que non. » Je n'ai pas envie de me compromettre.

— Ah ! çà ; cette presse, c'est donc l'arche sainte ?

— Peut-être bien que non.

— Une caverne de brigands ?

— Peut-être bien que oui. Oh ! mais, de cette façon-là, vous finiriez par voir au fond du sac du plus prudent des Normands. J'aime mieux risquer un petit discours ; on déguise mieux sa pensée en parlant qu'en cherchant à se taire.

I. — g

Chers concitoyens, la presse est à la fois une calamité publique et un bienfait du ciel. Elle mérite tous les excès d'honneur et toutes les indignités. Elle corrompt les gouvernements, elle excite les prolétaires à la révolte, c'est vrai; mais elle détruit les abus qui rapetissent les peuples, elle sème les nobles idées qui les grandissent. Elle achète sans pudeur ceux qui se vendent, et elle se vend effrontément à qui la paye, c'est encore vrai; mais, en revanche, elle dénonce et flétrit ceux qui en font autant. La main largement ouverte à tous les malheureux, elle n'hésite pas cependant à prélever la dîme sur les œuvres de charité qu'elle organise en leur faveur. Elle déguise la vérité, elle dévoile le mensonge. Enfin, on la craint, on l'adore, on lui fait des offrandes, on la couvre de blasphèmes : c'est l'idole du jour.

Et chaque société fait son idole à son image.

Ne la blâmez donc pas. Vous tous qui ouvrez un journal, vous êtes ses complices ; elle ne vit que par vous et pour vous, pour que les uns se tordent de rire en voyant blêmir les autres, pour entretenir vos discordes, alimenter vos haines.

Que l'on trempe sa plume dans le venin pour attaquer ou dans la bonne encre pour répondre, personne ne touchera à la presse tant que tout le monde s'en servira.

Soyez tous honnêtes, soyez tous bons, et elle cesse de vivre.

Il n'y a pas de presse dans le Paradis.

LA CORRESPONDANCE

« Madame,

« N'osant confier aux hasards auxquels une feuille de papier peut être livrée la confidence que j'ai à vous faire, j'irai, quel que soit le temps, vous voir vers le tantôt, avec ma canne ou mon parapluie, et tous mes respects pour votre grâce. »

« Monseigneur,

« La confidence que vous avez pris la peine de venir me faire vous-même hier, malgré l'affreux temps qu'il faisait, m'a aussi surprise que charmée ; et je suis reconnaissante au dernier point du soin que Votre Éminence a mis à en assurer le secret. »

Ceci, ce sont les lettres que l'on envoie quand on craint les indiscrétions ; elles

n'ont pas plus besoin de style que les petits billets laconiques qui annoncent une heureuse nouvelle ou un fâcheux accident. On n'est pas tenu de

faire œuvre littéraire chaque fois que l'on prend une plume. Ne nous occupons donc

que de ce qui mérite le nom d'écriture. Écrire un livre, même en plusieurs in-quarto, c'est bien simple. On se retire dans le silence du cabinet, entouré de tous ses documents ; on fouille les vieux manuscrits, compulsant, compilant, développant ou abrégeant ce que les autres auteurs ont écrit avant vous. C'est question de patience et de travail. Chaque jour achève sa page, chaque mois son chapitre, chaque année son volume, et l'ouvrage se termine, non sans peine évidemment, mais sans fatigue et sans tourment. Les érudits n'attrapent pas de fièvres cérébrales.

Mais, quand il s'agit d'un discours, d'un morceau d'éloquence, c'est une autre affaire. Sans avoir la prétention de s'élever aussi haut que l'aigle de Meaux, il est cependant des circonstances où l'on se doit, pour la position qu'on occupe, ou pour soi-même, de monter son style à une hauteur au moins moyenne qu'il n'est pas donné à tout le monde d'atteindre. Il est alors, souvent, aussi long d'écrire quelques pages qu'un tome tout entier. Tel impromptu dont l'idée germe au printemps, alors que les pivoines s'épanouissent, se trouve à point quand la bise souffle au dehors et qu'au dedans les

tapis sont posés.

Si un mandement, un sermon, une oraison funèbre sont déjà plus difficiles à parfaire qu'un grand ouvrage, quelquefois une simple lettre donne encore plus de peine. Le style épistolaire demande une légèreté, une finesse, une souplesse particulières, et il exige une grande précision. Il n'exclut ni la fermeté, ni la concision, ni la grandeur, et il permet toute la poésie qu'on y peut introduire.

Aussi, n'est-il pas rare qu'un tout petit billet gise en la cervelle de son auteur aussi longtemps que le plus pur sonnet. On le promène sur les grèves solitaires, au fond des forêts obscures, sur les cimes escarpées, ou, quand la température est inclémente, sur les terrasses, à l'abri des grenadiers et des orangers en caisses. La poésie excuse les imprudences, mais elle ne les exige pas.

Quels que soient le goût et le soin que l'on mette dans la confection d'une missive, si elle est intime, on finit toujours par en venir à bout. Ne devant être lue que par son destinataire, elle peut s'écrire avec toute la franchise que permettent l'amitié ou la seule confraternité. Mais, quand c'est une lettre d'affaires qui sera interprétée par plusieurs intéressés, il y faut d'autres ménagements. Souvent, quoiqu'on ne doive jamais déguiser sa pensée, on ne sait trop comment la traduire. On veut bien dire ce qu'on pense, mais pas tout. On désirerait être compris à demi-mot. Parfois, on ne pense pas grand'chose sur un sujet auquel il faut avoir l'air de s'intéresser vivement, ou bien, au contraire, on s'y intéresse tellement, qu'il serait prudent de s'abstenir d'en parler.

Encore y a-t-il bien des sortes d'affaires en ce monde, de commerce, de procédure, de famille, d'art, etc., pour lesquelles il faut bien des qualités diverses : de finesse, de tact, de cœur, de bon goût et d'esprit. Sans compter les affaires qui touchent à des questions particulières de science, d'histoire, de géographie, qui exigent non seulement une vaste érudition, mais aussi des connaissances techniques innombrables.

Et lorsque l'affaire est une affaire d'État, l'on comprend ce que cela peut être. Il y a de certaines lettres si difficiles à tourner qu'il faudrait la subtilité d'un Machiavel, la conscience assouplie d'un Loyola et l'audace d'un Cromwell, aussi bien pour dissimuler la vérité que pour oser la dire. Il est vrai qu'en diplomatie on a des formules toutes faites et qu'on peut se faire aider. Il n'est pas rare que l'on s'y mette à deux pour écrire un message important. Tout le monde n'est pas Richelieu, qui, comme le disait Tabarin sur le pont Neuf, « avait enfermé ses secrets dans son cerveau, dont il avait ensuite avalé la clé ».

LA SERVANTE INDISCRÈTE

Une soubrette espagnole est en train de brosser la soutane d'un cardinal, dans l'antichambre, lorsque ses regards sont attirés par un bout de papier sortant de la poche.

Ce doit être une lettre que Monseigneur a reçue.

Une lettre d'affaires, on l'aurait remise au secrétaire pour qu'il y réponde ; ça n'est pas une lettre officielle, elle est trop petite ; ce n'est pas une lettre sans importance, elle aurait été jetée au panier ; si c'était une demande de secours, Son Éminence est si bonne qu'elle l'aurait de suite fait passer à l'aumônier ; une invitation non plus, Monseigneur les met toutes à sa glace pour s'en souvenir. Ce doit être une lettre particulière, et il faut qu'elle contienne un secret pour qu'on ait pris soin de la remettre dans la poche après l'avoir lue, elle est décachetée.

Elle a même été relue souvent, elle est toute fripée ; ce ne peut être d'avoir traîné dans la robe, elle n'y était pas hier.

Elle n'a pu arriver que ce matin, et, comme elle n'a pas de timbre, c'est qu'on l'a apportée.

Mais qui ?

Il n'est monté personne par le grand escalier.

Ce serait donc par l'escalier dérobé ?

Il y a là un mystère ; pour l'éclaircir, il ne faut que deux doigts.

Qu'aurait fait notre mère Ève à la place de la soubrette ?

VIEUX SOUVENIRS

Madame,

Quand vous m'avez fait l'honneur, l'été dernier, de visiter mon atelier et de choisir un de mes tableaux intitulé *Vieux Souvenirs,* vous avez été étonnée de la jeunesse du cardinal qui y est représenté, non pas parce qu'il avait déjà de vieux souvenirs, car la longueur du temps est relative et pour un enfant hier est déjà loin, mais parce que vous pensiez que l'on n'arrivait à cette dignité ecclésiastique que dans un âge plus avancé. Je vous donnai alors des explications le mieux que je pus, et, sur votre demande, j'ai promis de vous les envoyer par écrit.

La conscience la plus frivole a tout de suite des scrupules de toute sorte quand il s'agit d'écrire. On croit savoir une chose parce que d'autres l'ont racontée. Mais en étaient-ils eux-mêmes si sûrs que cela? J'ai donc voulu, par le témoignage de personnes autorisées, contrôler exactement la valeur des renseignements que je vous avais donnés de vive voix et les compléter par de nouveaux détails. On a été long à me répondre, ce qui excuse mon propre retard; mais, enfin, je puis vous écrire avec certitude la vérité.

En l'an 1245, le pape Innocent IV, pour distinguer les cardinaux, leur donna, comme insignes, le chapeau et la barrette rouge, auxquels Boniface VIII joignit la robe de pourpre.

En 1630, Urbain VIII décréta qu'ils porteraient le titre d'éminence.

I. — 4

En 1586, Sixte-Quint en avait fixé le nombre à soixante-dix, en souvenir des soixante-dix disciples de Jésus-Christ.

Ainsi sont encore à notre époque les soixante-dix éminences habillées de rouge qui portent le titre de cardinal.

Les six premiers de ces soixante-dix sont nommés cardinaux évêques; les cinquante suivants sont les cardinaux prêtres, et les quatorze derniers, les cardinaux diacres.

Cela veut-il dire que chacun de ces trois genres de cardinaux ne soit composé que d'évêques, ou de prêtres, ou de diacres ? Nullement, car un évêque qui est nommé cardinal peut très bien n'avoir que le titre de cardinal prêtre ou cardinal diacre, ou un simple clerc peut porter celui de cardinal évêque.

Voici l'explication de ce fait, qui semble si peu logique.

Les cardinaux choisissent eux-mêmes leur titre ; mais les plus anciens choisissent les premiers dans les titres de ceux qui meurent ; et, quand un titre vient à être vacant, les seuls cardinaux alors présents à Rome ont le droit de le prendre. Il y a encore une petite considération.... oh ! toute petite : c'est que des titres de cardinaux diacres sont parfois plus avantageux pécuniairement que certains autres de cardinaux prêtres ou de cardinaux évêques ; ce qui fait que souvent un archevêque nommé cardinal ne prend humblement que le titre de diacre.

Il y a, dans l'Église, des grades comme dans une armée, et l'on croit généralement que le plus haut de ces grades est le cardinalat. C'est une erreur. Le cardinalat n'est pas un grade, en ce sens qu'il n'est pas besoin de gradation pour y parvenir. Non seulement il n'est pas nécessaire d'être archevêque ni même évêque pour devenir cardinal, mais un prêtre, un diacre, un simple clerc peuvent, par le seul bon plaisir du Pape, être élevés d'un seul coup à cette suprême dignité ecclésiastique sans avoir passé par aucune autre, et avoir ainsi la préséance sur le plus ancien prélat.

Tous les cardinaux ont les mêmes prérogatives. Un seul parmi eux, en certains cas, est investi de pouvoirs supérieurs : c'est le cardinal camerlingue, qui est à la tête des finances.

Le jour de la mort d'un pape, par exemple, son rôle devient prépondérant.

Dès qu'il a retiré du doigt du Saint-Père décédé l'anneau papal qu'il doit briser, il est investi de toute l'autorité matérielle jusqu'à la nomination du nouveau successeur de saint Pierre. Il commande au palais, la garde suisse lui rend les honneurs, il fait battre monnaie à son profit.

Pendant des siècles, on a vu souvent des personnages politiques importants revêtus de la pourpre, qui leur était donnée pour payer des concessions faites au Saint-Siège ou pour d'autres raisons.

Toutes les familles royales catholiques exigeaient pour un des leurs un chapeau de cardinal, afin d'avoir entrée au conclave. Certaines familles italiennes avaient la pourpre de droit, c'est-à-dire une place de cardinal qui se repassait d'oncle à neveu, si bien qu'un prince, annonçant à ses amis l'heureuse délivrance de la princesse sa femme, a pu s'écrier : « Messieurs, il vient de nous naître un petit cardinal. »

Bien d'autres encore, parmi ceux qui n'eurent pas la pourpre par intrigue, faveur ou droit de naissance, la reçurent pour des mérites tout à fait étrangers à la religion catholique.

Léon X la donnait à des écrivains. Le peintre Raphaël allait la recevoir au moment où la mort vint le frapper, et l'on fit proposer à Turenne de l'en revêtir, ce que le grand capitaine eut l'esprit de refuser.

En plus de leurs attributions et de leur voix au conclave, les cardinaux ont les droits, presque régaliens, d'être crus en justice sans fournir ni preuves ni témoins, et de porter manteau royal avec six aunes de queue. Ils ont encore d'autres privilèges. Citoyens des villes papales, ils ne payent pas de gabelle, peuvent distribuer des indulgences de cent jours à qui bon leur semble, et ne reconnaissent comme supérieur et juge que le Pape, même en matière criminelle. Sans compter tous les avantages, dispenses et sinécures qu'ils peuvent se faire offrir.

Ces détails sont pour vous faire comprendre, Madame, que le titre de cardinal peut être porté par un homme jeune, puisqu'il le fut par un enfant au maillot; mais, comme depuis le commencement de ce siècle les chapeaux écarlates ne sont plus distribués avec la même fantaisie qu'au moyen âge et qu'ils ne sont plus donnés qu'à des mérites ecclésiastiques, vous pourriez penser qu'ils ne doivent recouvrir que des cheveux au moins argentés.

Voici quelques exemples des temps présents : Son Éminence le cardinal Carafa, dit Truetto, fut nommé à trente-neuf ans ; Gurdi, de l'ordre des Dominicains, à trente-huit ans ; Riario Sforza, à trente-cinq ans ; prince de Schwarzemberg, à trente-trois ans.

En tenant compte qu'un homme qui ne se fatigue pas, se porte bien et se soigne peut arriver à cacher quelques années de son âge, nous arrivons à admettre qu'un cardinal puisse avoir l'air très jeune, tout en ayant de vieux souvenirs.

Croyez bien, Madame, que celui que m'a laissé votre aimable visite ne sera jamais de ceux-là, et recevez, avec tous mes hommages, l'assurance de mon plus profond respect.

J.-G. VIBERT.

AUTOUR DU BRASERO

Autour du brasero,
Dans de larges fauteuils berçant leurs indolences,
Que la chaleur invite aux douces somnolences,
Assises, pieds au feu, sont Leurs quatre Éminences.
Dehors il fait zéro.

Le plus jeune d'entre eux tire alors de sa poche
Une lettre qu'il ouvre ; et, craignant le reproche
De la garder pour lui, des autres se rapproche
Et lit : « Mio caro. »

C'est un billet trouvé ! Chacun dresse l'oreille.
On y parle du roi ; l'histoire est sans pareille.
On sourit, et bientôt la gaîté qui s'éveille
S'esclaffe en allegro.

Rire serait-il mal ? Certes, non ! quoi qu'on lise,
Car on rit de l'esprit comme de la sottise.
Mais, quand on aura ri, je crains qu'on ne médise,
Autour du brasero.

« A côté de ces roses par vos doigts touchées, toutes mes fleurs de rhétorique sembleraient bien pâles.... »

(Premier tableau.)

LA RÉPONSE A LA MARQUISE

MONOLOGUE EN DEUX TABLEAUX

PREMIER TABLEAU

Dans un petit salon, richement décoré et meublé au goût de la fin du dix-huitième siècle, Monseigneur est debout, adossé à la cheminée. Il tient de la main gauche un carnet et de la droite un porte-crayon. Il semble réfléchir. Près de lui, posé sur le coussin d'un fauteuil bergère, est un superbe bouquet de roses enveloppé d'un papier portant à l'angle des armoiries peintes et rehaussées d'or.

(*Monseigneur se met à écrire et déclame à haute voix ce qu'il écrit.*)

« Chère marquise ! comment vous remercier des magnifiques fleurs, dignes sœurs de vos lèvres !... » (*Se parlant à lui-même.*) C'est bien fade et bien banal. (*Il déchire un feuillet qu'il froisse et jette à ses pieds. Après un instant de réflexion, il écrit de nouveau et reprend.*)

« A côté de ces roses par vos doigts touchées, toutes mes fleurs de rhétorique sembleraient bien pâles. Ne vaut-il pas mieux envoyer en retour à la belle jardinière quelques pensées sauvages cueillies pour elle au jardin secret d'un cœur qui.... d'un cœur que.... » (*Il déchire et jette un nouveau feuillet.*) C'est du galimatias. (*Il reprend.*)

« Comme les princes de l'Église, les galériens, toujours, sont de rouge vêtus. Les tyrans, le bourreau, le démon aussi portent la pourpre ; mais on la trouve encore cachée sous les roses dont Vénus est parée. Ah ! marquise, voulez-vous donc, aux bancs de votre galère, attacher un rameur de plus ? » (*Un autre feuillet tombe.*) C'est un indigne pathos. Allons ! décidément, quand on n'a ni l'esprit de M. de Voltaire, ni le génie de Bossuet, il faut se résigner à écrire en vers... comme tout le monde. (*Après quelques minutes d'attente, il commence.*)

Si j'osais
Croire les belles choses
Que me disent vos roses !
Si j'osais
Leur répondre à ma guise,
O divine marquise !
Si j'osais....

(*Se parlant à lui-même.*) Si j'osais.... Quoi ? des fadeurs ? Un madrigal de petit abbé galant... en vers libres ?... Pourquoi pas alors une chanson... comme celles que les poètes de carrefour improvisent pour deux sols ?

> Ah ! ah ! qu'il est coquet,
> Votre joli bouquet !

Fi ! fi ! c'est honteux. (*Il déchire le feuillet du bout des doigts et le jette avec dégoût. Il réfléchit profondément, le front appuyé dans la main, et, relevant la tête, il commence d'un air inspiré.*)

> Allons ! la muse attend. Poète, prends ta lyre
> Et raconte aux humains le trop cruel martyre
> Qu'une flamme éphémère inflige au cœur constant
> Qui pour toujours se donne et qu'on aime un instant.
> On chante, couronné des fleurs que l'amour cueille ;
> Mais, lorsque vient le soir, chaque rose s'effeuille.
> Des fleurs et de l'amour, hélas ! ne resteront
> Que le remords au cœur et que l'épine au front.

(*Il s'arrête, répétant.*)

> Des fleurs et de l'amour, hélas ! ne resteront
> Que le remords au cœur et que l'épine au front.

C'est au moins plus poétique ; oui, mais c'est peut-être un peu décourageant. La marquise ne le croirait pas.... Je serais, du reste, désolé qu'elle le crût. (*Il retire le feuillet lentement et le laisse tomber sans le chiffonner.*) C'est dommage, au point de vue de l'art.... Voyons, c'est bien simple. Je sais ce que je veux répondre ?... Parfaitement.... Eh bien, il n'y a qu'à l'écrire... simplement. (*Il écrit en silence, déchire, réfléchit, recommence, et les feuillets du carnet tombent autour de lui comme des feuilles mortes. La nuit vient par degrés, et Monseigneur continue sa réponse à la marquise.*)

DEUXIÈME TABLEAU

Sept ans plus tard, dans le même petit salon. Le feu est allumé. Monseigneur, assis devant la cheminée, garanti par un écran, examine d'anciennes lettres rangées par paquets sur un petit guéridon placé en face de lui et les brûle après les avoir lues.

(Il s'arrête un moment.)

Cette marquise, quel style ! Un esprit de démon et la bonté d'un ange ; une justesse d'observation, une finesse de critique.... *(Il jette la lettre au feu.)* Quel dommage d'anéantir de si jolies choses ! *(Il prend une autre lettre.)* Ah ! de l'érudition maintenant, une controverse théologique.... Elle m'a confondu.... j'ai été obligé d'avouer que j'avais tort. *(Il brûle et ouvre d'autres lettres.)* Ah ! nous y voilà. On lui fait la cour, l'ambassadeur de *** a risqué une déclaration en règle. Il n'est pas jeune, il n'est pas beau ;

incapable d'inspirer quoi que ce soit.... et patati et patata.... Voilà bien de la peine pour ridiculiser un pauvre soupirant sans importance ! Mais ce qu'elle ne dit pas, c'est qu'il est riche, puissant, de haute noblesse, de grande bravoure, et que partout l'on vante ses qualités de diplomate. La rusée marquise !... Je n'ai pas été malin, j'aurais dû me méfier.

(Monseigneur continue pendant quelque temps le même jeu, livrant aux flammes les lettres les unes après les autres. De temps en temps, il s'arrête et reste plongé dans ses réflexions. Tantôt, il esquisse un sourire ; tantôt, il soupire tristement. Enfin, il ne reste plus qu'une seule petite lettre.)

1. — 4

Celle-ci, c'est la première ! venue dans un bouquet de roses, celle pour laquelle j'ai passé une journée sans pouvoir tourner une réponse. Je crois même qu'elle n'en aurait jamais eu, si la marquise ne s'était décidée, le lendemain, à venir la chercher en personne. Il y a sept ans ! et il me semble que c'était hier. (*Il cherche à se souvenir.*)

> Mais, lorsque vient le soir, chaque rose s'effeuille.
> Des fleurs......... hélas ! ne resteront ! (*Il jette la lettre au feu.*)

Que de tristes cendres !... Et maintenant... (*Il sort une autre lettre de sa poche.*) la dernière ! celle que j'ai reçue ce matin. (*Lisant.*)

« Monseigneur et bien cher ami,

« Je dois à notre vieille amitié de vous apprendre moi-même une nouvelle qui demain n'en sera plus une. Je me remarie ! Après les sept ans de veuvage où vous m'avez connue si éprise de liberté, vous pensez bien que ce ne peut être qu'un mariage de raison. Je deviens duchesse et ambassadrice. Peut-être y a-t-il un peu d'ambition sous roche. C'est une passion de l'âge mûr. Figurez-vous que je me suis découvert spontanément un goût prononcé pour la diplomatie, et, comme je ne saurais rien avoir sans vous le faire partager, je me suis mis en tête de vous envoyer remplir une mission délicate auprès du Saint-Père. Un prélat de votre valeur ne doit pas priver son pays des éminents services qu'il peut lui rendre. Je l'ai dit en haut lieu. Tout est arrangé, et le ministre vous attend pour vous confier ses instructions.

« J'ai dû détruire vos lettres, et vous devrez détruire les miennes. Nous nous sommes trop souvent occupés, dans notre correspondance, des gens de la cour que nous allons servir ; il est absolument prudent de n'en laisser aucune trace. D'ailleurs, le feu qui calcine quelques chiffons de papier n'anéantit pas le souvenir des sentiments qui s'y sont exprimés !... (*Il continue à lire tout bas, froisse la lettre et la jette au brasier.*) Allons ! flammes d'enfer, vous avez en une heure dévoré sept années de paradis.... Ah ! si je voulais lui écrire tout ce que j'ai sur le cœur, je ne serais pas embarrassé cette fois-ci !... Oui, mais c'est la marquise qui ne répondrait pas ! »

LIVRE TROISIÈME

L'ESPAGNE GALANTE

65

LA MAJA

— Que veut dire : la maja ?

— Maja est un mot qui, grammaticale-
ment, est déjà assez étrange. D'abord c'est un
adjectif devenu substantif. On ne dit pas :
une femme maja ; on dit : une maja, la maja ;
de plus, ce qualificatif n'a pas de degrés
comme les autres. On n'est pas maja un peu
ou beaucoup, comme on est plus ou moins
jolie, plus ou moins aimable. On est maja ou
on ne l'est pas.

D'après son étymologie, cette
expression devrait désigner la plus
grande, la plus haute, au propre
ou au figuré ; mais si telle fut, à
l'origine, la signification de ce mot,
elle ne l'est plus aujourd'hui.

C'est une de ces locutions de terroir comme il y en a dans toutes les langues ; impossibles à traduire exactement, et dont on ne peut essayer de faire comprendre le sens que par des commentaires ou des synonymes imparfaits. Ainsi, dans la maja, il y a un peu de la sirène et de la Circé antique, et de la sorcière du moyen âge, comme aussi de la merveilleuse du Directoire. Il y a encore de la diva dont la chanson grise les foules et de la bayadère dont la danse enivre les brahmanes au fond du temple hindou.

En parlant d'une telle femme nous disons dans le monde : « Elle a du chic, elle a du chien », et dans les faubourgs : « Elle est aux petits oignons. » Les Andalous disent : « Elle a de la cannelle. » Les gens de chevaux : « Elle a du sang, du train, de belles actions. » Les gens de mer : « du galbe, de l'allure ». Les mécaniciens : « de la volée, du battant ».

Les tailleurs : « de la coupe et du craquant », etc. Tous expriment le même sentiment, chacun dans son argot. En somme, la maja, c'est le *nec plus ultra* de la femme séduisante.

— Comment devient-on une maja ?

— Ne l'est pas qui veut. C'est un titre que décerne seule l'opinion publique. Mais ce titre diffère des titres de noblesse en ce qu'il n'est pas héréditaire et qu'il s'applique à toutes les classes. La fille du peuple peut être maja aussi bien qu'une duchesse, et les filles des plus grands d'Espagne ne le sont souvent pas.

Ce n'est pas un grade, car cette distinction est étrangère à toute hiérarchie et n'implique aucune idée de domination ou de puissance. Ce n'est pas non plus une fonction. La maja ne fait rien ; sa mission (tout en a une dans ce monde) est un secret de la nature.

— N'y a-t-il qu'une maja à la fois dans une même ville?

— Il y en a autant que la faveur populaire en proclame.

— Que faut-il faire pour mériter ce titre, et qu'ont donc, de plus ou moins que les autres, celles qui l'obtiennent ?

— Souvent beaucoup plus de qualités que les autres, jamais un défaut de moins.

Quelle que soit sa condition, grande dame ou plébéienne, épouse d'un alcade ou compagne d'un toréador ; quelle que soit son origine, Castillane aux cheveux d'or, Andalouse au teint bruni, Aragonaise

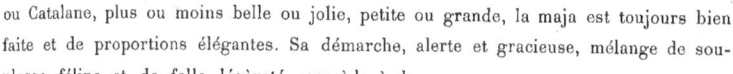

ou Catalane, plus ou moins belle ou jolie, petite ou grande, la maja est toujours bien faite et de proportions élégantes. Sa démarche, alerte et gracieuse, mélange de souplesse féline et de folle légèreté, procède à la fois du tigre et de la gazelle.

Sous le voile de ses longs cils, il y a des diamants noirs dont les feux brûlent les cervelles ; derrière le sourire de ses lèvres fraîches, il y a des perles qui mordent et dévorent les cœurs.

Essentiellement charmeuse, elle a toutes les éloquences. Tout parle en elle : un mouvement de hanche, un geste expressif de sa main mignonne, les battements de son petit pied cambré, en disent autant, et mieux souvent, que bouche ne saurait faire ; et le jeu d'un éventail, les plis d'une mantille ou la place qu'occupe une fleur à son corsage sont pour elle un langage que ne peuvent

comprendre ni les tuteurs sévères, ni les maris jaloux. Enfin, pour la définir d'un seul mot, la maja est une musique vivante.

C'est du rythme cadencé de tous ses mouvements, du jeu harmonique de ses membres et de ses organes, que lui viennent cette désinvolture indéfinissable et ce charme fascinateur qui sont quintessence de séduction.

Cependant, quoique empruntant à la coquetterie tout son arsenal de parures, cette puissance de séduction reste, chez elle, inconsciente. Depuis le bout de ses ongles jusqu'à l'extrémité de son ondoyante chevelure, tout y concourt, rien n'y travaille. Elle séduit par instinct, par force de la nature, comme le rossignol chante.

Ne la méprisez pas : si Dieu l'a faite ainsi, c'est qu'il a voulu qu'elle fût, de toutes les filles d'Ève, la plus semblable à sa mère.

N'écoutez pas non plus les sots propos du monde. On vous dira qu'elle porte un poignard à sa jarretière. Eh bien, la rose, qui, comme elle, séduit par l'éclat de sa couleur et la suavité de son parfum, cache aussi, sous ses feuilles, une épine traîtresse.

Elle peut blesser le malotru qui la froisse ; mais son arme inoffensive ne la défend pas de qui la sait adroitement cueillir.

LES APPRÊTS

Le soleil resplendit dans les rues de Séville. C'est un dimanche d'été. Il doit y avoir des courses de taureaux splendides, et chacun s'apprête à sortir.

Dans une heure, il n'y aura plus âme qui vive dans aucune des maisons de la ville.

On a pris hâtivement un fruit, un biscuit, arrosés d'un verre d'alicante. La señora achève sa toilette et s'admire dans le miroir placé sur le coin de la table; ses doigts agiles ont bouleversé le bouquet de roses apporté pour la fête, choisissant et rejetant tour à tour la fleur qui convient à sa capricieuse beauté.

A l'autre bout de la table, un peu dans la pénombre, l'étudiant qui l'aime l'enveloppe d'un regard passionné. Son sourire est tendre et doux; mais sa navaja, qu'il aiguise lentement, lance des éclairs d'acier. Elle est coquette, il est jaloux.

71

LES COURSES DE TAUREAUX

Dès le matin du jour des courses, le toréador revêt son costume scintillant de broderies, et il commence ses promenades dans la ville. C'est une visite chez le tailleur pour une dernière retouche. Une séance chez le barbier, qui, par tous les moyens, le retient le plus longtemps possible ;

car c'est un honneur pour lui de posséder un client de son importance dans sa boutique. Enfin, rasé, coiffé, tiré à quatre épingles, le toréador se rend aux arènes, en voiture découverte ou à pied, pour se faire admirer. Il distribue des poignées de main, envoie des œillades ; superbe, cambré, vaillant ; mais bon enfant, ne dédaignant pas d'allumer sa cigarette à celle de l'homme du peuple. En somme, c'est un candidat qui cherche à prédisposer son public en sa faveur.

Suivons-le avec la foule, qui déjà l'acclame, et entrons dans le cirque, où nous allons le voir tout à l'heure sous un autre aspect.

A l'appel strident de la trompette, la barrière s'ouvre. Les toréadors entrent dans le cirque, en un bouquet étincelant, surgissant au plein soleil, du trou noir de la voûte.

Vite, la lorgnette !

Alors, on distingue en tête les trois premières épées.

Au milieu, le fameux des fameux, Cucharez, un hercule à face de dogue, mais à mains fines et petits pieds, un Espagnol pur sang. Courageux comme un lion, agile comme un chamois, adroit comme un singe, il a tué à lui seul, dans sa longue carrière, plus de taureaux que tous les autres ensemble, et il y a gagné

des millions. Dans la vie privée, excellent homme, gai compagnon, causeur aimable, rempli de bon sens et pétillant d'esprit. A cette époque, quelques années avant sa retraite, c'était encore, malgré son âge et sa corpulence, un lutteur intrépide et brillant, le favori, l'idole du public.

A sa gauche, son gendre El Tato, déjà célèbre dès la prime jeunesse, et qui devait plus tard payer sa gloire de l'amputation d'une jambe.

A droite, l'illustre Gaëtano Sans ; grand, svelte, élégant, le visage encadré d'épais favoris noirs, les traits réguliers, l'expression sévère ; il a l'air d'un magistrat.

Après viennent leurs quadrilles ; des banderillos connus dans toute l'Espagne : El Gordito, etc., etc. Puis encore, au fond de l'ombre, les picadors à cheval.

Au-dessus, dans ce que peut contenir le champ de la lorgnette, une portion des gradins remplis de monde. Des têtes rangées comme des fruits à l'étalage, avec des éventails, des mouchoirs, des mantes multicolores, un océan de couleurs où les notes violentes dominent. Par-ci par-là, le velours noir d'un sombrero ou le shako blanc d'un militaire.

Tout cela, sans cesse agité, se déplace comme dans un kaléidoscope.

A l'abri du soleil, dans la pénombre que font les éventails, il y a des yeux qui brillent et des sourires provocants. Un paysan, les bras nus, lance adroitement des oranges à des amis. Derrière le pilastre, au-dessus de l'homme qui ouvre la barrière, cette tête coiffée d'un chapeau haute forme, c'est un peintre espagnol, Zamacoïs, et un peu plus haut, un peintre français son ami intime, là, à côté d'un vieux en pain d'épice à lunettes d'or ; il fume un cigare et porte un chapeau gris à la dernière mode qui, par parenthèse, fera bien rire les générations futures.

Mais assez de lorgnette. On se perd dans les détails, et c'est surtout l'ensemble qu'il faut voir.

Pour bien connaître les mœurs d'un pays, le voyageur doit non seulement assister à ses spectacles favoris, mais il doit encore étudier les impressions de la foule, et le meilleur moyen est de s'y mêler. Pour ce faire, nous avons choisi des places les moins chères, tout en haut de la dernière galerie, en plein soleil, comme aussi en pleines passions populaires.

Seulement, les passions populaires se traduisent souvent par des bousculades et des horions qui ne sont pas sans distraire un peu du spectacle. De plus, le soleil de face force à cligner des yeux, et à travers la poussière en suspension on voit très mal ce qu'on serait déjà trop loin pour bien voir.

Du haut de ces galeries supérieures, à l'œil nu, l'arène ne semble pas plus grande qu'un manège ordinaire.

Les toreros éparpillés dedans paraissent de petits nains, et le taureau qui bondit au milieu fait l'effet d'un jeune chamois.

Dans la prestesse vertigineuse des mouvements, que le regard a de la peine à démêler, les rayons solaires dansent sur les passementeries d'or ou d'argent, et, des luisantes paillettes, jaillissent de tous côtés de rapides éclairs, comme ceux des miroirs à alouettes.

Les Espagnols, qui sont tous plus ou moins versés dans la science de la tauromachie, se débrouillent facilement dans ces feux d'artifice ; mais l'étranger ignorant perd complètement la tramontane à travers ces éblouissements, et les péripéties de la lutte échappent à son œil incompétent.

74

En ce moment, le taureau attaquait un picador. Instantanément, tout le public fut debout, frémissant, toutes les voix confondues en une anxieuse rumeur.... Tout à coup, les bravos et les cris éclatèrent de toutes parts dans l'explosion d'un immense triomphe. Le coup avait été superbe.

Autour de nous, ils trépignaient, ils jetaient des oranges, ils jetaient des cigares, ils jetaient leurs chapeaux, et, quand ils n'eurent plus de chapeaux, ils jetèrent les nôtres.

La voilà, la passion populaire !

Il paraît que c'est la coutume, et qu'on ne doit pas se fâcher.

Mais, comme nous l'avions assez vue, la passion populaire, et que nous ne pouvions rien voir de la course, nous prîmes le sage parti de descendre.

Cette fois, allant d'une extrémité à l'autre, nous nous plaçâmes tout en bas, au premier rang. Au moins, là, on voit bien ; on voit même trop. Ces hommes, qui d'en haut semblaient voltiger, légers comme des papillons, sont essoufflés, ruisselants de sueur et souillés de boue sanglante ; on distingue jusqu'à des taches à leur linge et des reprises à leurs culottes. Il n'y a plus d'illusions !

Le taureau n'est plus cet animal aux élans gracieux qui s'ébattait tout à l'heure, secouant à son cou, comme une parure, les rubans et les colifichets des banderilles. Il apparaît monstrueux, superbe, avec sa majestueuse encolure de bête toute-puissante et l'horreur de ses grandes cornes toutes rouges.

On a souvent décrit des courses de taureaux. Les poètes et les romanciers ont raconté les péripéties du combat ; les peintres ont reproduit le spectacle sous tous ses aspects, les uns avec la plus scrupuleuse exactitude, les autres avec la magie des couleurs ; Goya nous en a laissé une impression inoubliable ; mais personne n'a rendu l'effet de ces cornes rouges. Ordinairement, le sang répandu sur toute surface spongieuse, sable, bois, vêtements, prend une teinte brune ; tandis qu'en transparence sur les cornes blanches, au plein soleil, il arrive à des tons d'écarlate ultra-éclatants, et ces cornes rouges sur la tête sombre de l'animal sont vraiment fantastiques.

Cependant, parmi les fanfreluches en papier découpé qui entourent les javelines, dont le fer acéré s'accroche aux chairs, des lambeaux de peau déchirée par la lance des picadors pendent en lanières sanglantes, et trois épées, dirigées vers le cœur par le même chemin, sont restées enfoncées jusqu'à la garde dans la même blessure.

Il va mourir, épuisé, haletant, l'œil vitreux, la tête basse ; il renifle l'odeur de son sang, qui bouillonne à ses pieds ; puis, relevant son mufle tout découlant de bave gluante, il mugit. A ce moment apparaît le matador, vêtu de noir, qui de son poignard lui donnera le coup de grâce. Et de malheureux chevaux passent tout près de vous, poursuivis à grands coups de trique. Ils galopent le ventre ouvert et vidé, en

traînant derrière eux leurs entrailles palpitantes. Ah ! le cœur se lève et les yeux se détournent ! Décidément, pour bien voir une course de taureaux, surtout quand on n'est pas encore familiarisé avec ce genre de plaisir, il ne faut se placer ni trop haut ni trop bas. Nous y reviendrons dans de meilleures conditions.

Cependant, si le spectacle de l'arène est pénible à regarder, du premier rang, on a d'autres tableaux plus intimes et charmants tout autour de soi.

Là, c'est un toréador en costume de soie verte brodée d'or, drapé dans sa muleta écarlate, et fièrement campé près de la balustrade, d'un rouge sombre. Derrière lui, on aperçoit un coin de cirque ensoleillé.

Puissant effet de lumière, et brillante harmonie dans des tons intenses.

Ici, c'est un alguazil, coiffé du feutre empanaché, qui cause avec un gendarme au bicorne de toile cirée. Autrefois et aujourd'hui, à trois siècles d'intervalle ; un groupe tout trouvé pour orner le piédestal d'une statue de l'Autorité.

Puis, de-ci de-là, c'est la jolie ligne d'un profil, une nuque d'un modelé savoureux, la courbe gracieuse d'un bras, un centre harmonique de couleurs, un heureux contraste, un reflet, enfin les mille riens qui sont la musique de l'œil et que l'on trouve partout où il y a de jolies femmes, des fleurs et du soleil.

Mais ce qu'il faut surtout admirer, ce qu'on ne voit

que là, ce qui éclipse tout, c'est cette loge tapissée de damas vert d'eau, avec des tentures extérieures en velours vert foncé, ornées de galons et de franges d'or.

Là se tiennent d'élégantes Madrilènes en costume national, les séduisantes majas dont nous avons déjà parlé.

Des monceaux d'oranges et de roses destinées à pleuvoir sur les triomphateurs sont entassés sur toute la banquette du fond. Les gens qui circulent dans le couloir intérieur, passant le bras par-dessus la cloison, puisent sans scrupule, à même cet arsenal, les projectiles qui sont à portée de leurs mains, et, si le voleur est pris en flagrant délit par une des jolies propriétaires, il excuse son larcin par un compliment ; on lui répond par un sourire. Tout cela se passe sous les yeux mêmes de la force armée.

Ici, tout est permis au peuple qui s'amuse, pourvu qu'il reste galant.

Cette loge, c'est le centre où convergent toutes les pensées des toreros, le point de mire de tous leurs regards, comme autrefois la loge des vestales dans le cirque romain. On sait quel était leur rôle. Lorsqu'un gladiateur vaincu gisait à terre et que son vainqueur tenait le glaive homicide suspendu sur sa gorge, il invoquait, d'un geste, la clémence des prêtresses de Vesta ; et celles-ci, par un signe, accordaient la grâce, en levant le pouce vers le ciel, ou prononçaient l'arrêt de mort, en l'abaissant vers la terre. Ici, les vestales n'ont pas fait vœu de chasteté et ne votent la mort que du taureau ; mais, comme leurs devancières, elles entretiennent le feu sacré.

Elles encouragent les combattants du geste et de la voix. Pour une œillade ils font des prouesses, pour un sourire ils affrontent la mort. Honte au fuyard qui mérite la colère de ces belles sirènes ! Mais aussi leur faveur est-elle la plus haute récompense du vainqueur !

En ce moment, elles se sont emparées du picador acclamé tout à l'heure, pressant ses mains robustes, allumant leurs cigarettes à la sienne, le fascinant par des poses langoureuses ou le magnétisant d'un œil de velours. Entre deux colonnes passe un minois futé et une main blanche tenant une rose. Lui se laisse faire, avec des câlineries de bête domptée. Tout droit sur ses jambes emprisonnées dans des carapaces de fer, matelassées et recouvertes d'épaisse peau de buffle, il semble une statue ébauchée, seulement dégrossie jusqu'à la ceinture. Des cheveux et des favoris noirs, rudes comme une crinière, encadrent sa face basanée, et sa bouche entr'ouverte, découvrant les dents blanches, a le sourire cruel des fauves.

I. — k

C'est cependant autour de ce belluaire brutal, éclaboussé de sang, qu'elles sont toutes : aguichantes, provocantes, empressées comme des poules auprès du coq victorieux, obéissant à l'attraction du plus fort, cette éternelle loi de la sélection qui va criant par toute la nature l'éternel cri : « Mort aux vaincus ! »

Darwin aurait-il vu cette loge aux tentures de velours vert foncé ornées de galons et de franges d'or ?

Ce ne sont pas seulement le spectacle dans l'arène et les épisodes pittoresques parmi le public des gradins et des loges qui rendent les courses de taureaux intéressantes ; il y a encore, en pénétrant dans les coulisses, c'est-à-dire les écuries, des choses curieuses à noter pour le voyageur.

Que l'aspect de l'entrée, pour un peu répugnant qu'il soit, ne vous arrête pas. Il faudra peut-être marcher dans le sang, à travers les chevaux morts qui encombrent ce funeste vestibule ; mais, au moins, ceux-là ne souffrent plus.

Voici un des terribles matadors de tantôt qui va nous servir de guide et se changer pour nous en aimable cicérone.

Nous pouvons le suivre avec confiance.

C'est, d'abord, un labyrinthe de couloirs et de compartiments dont les portes se lèvent comme des vannes d'écluses, au-dessus desquels on circule sur d'étroites passerelles, d'où les vaqueros, armés de longues lances, poussent les taureaux et les séparent après les avoir choisis. Ils resteront là, sans nourriture, dans l'obscurité, pendant vingt-quatre heures.

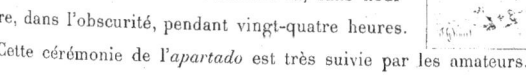

Cette cérémonie de l'*apartado* est très suivie par les amateurs.

C'est là qu'ils conjecturent des qualités de chacun et qu'ils établissent leurs pronostics.

Au moment de la course, chaque bête choisie passe à son tour dans la dernière case placée derrière la porte, qui s'ouvre au signal de la trompette. Alors, à travers la claire-voie du plafond, on accroche au cou de l'animal la moña enrubannée; et, irrité par la douleur, il s'élance dans le cirque, affolé par la lumière soudaine et les clameurs de la foule.

La moña est un grand chou de rubans bariolés, muni d'un harpon qui s'agrafe dans la chair. Chaque toréador a la sienne, qui marque le taureau qu'il doit tuer, et, souvent, il la fait faire aux couleurs de la dame de ses pensées, afin que tout le monde sache en l'honneur de quelle beauté il va vaincre ou mourir, comme autrefois, dans les tournois, faisaient les preux chevaliers.

Le suprême de la galanterie, pour un torero, est d'arracher la moña du cou de l'animal furieux, au péril de sa vie, et de l'offrir à une señora. Nous avons vu aujourd'hui toutes les moñas suspendues au balcon de la fameuse loge, parmi les écharpes brodées et les mantilles de dentelles.

Dans un tableau célèbre du siècle dernier, le peintre Eugène Giraud a reproduit cette scène d'un toréador blessé à mort tenant encore le flot de ruban dans sa main crispée.

Si la tauromachie est une passion, c'est aussi une science ; et, au point de vue technique, il faut visiter le musée plein de curiosités, toutes relatives à son histoire.

Il y a là des portraits de toreros célèbres d'autrefois et des tableaux représentant leurs plus fameux exploits, peintures sans valeur artistique, mais d'une scrupuleuse fidélité et d'une naïveté souvent telle, qu'elle en devient touchante.

Ici, c'est une épée à la poignée enrichie de pierreries, donnée par un roi ; là, un manteau brodé, pour un vainqueur, par les mains d'une reine.

Ce sont encore des selles de velours, des brides avec des mors d'or ou d'argent ciselé, les lourds étriers et les éperons gigantesques en acier damasquiné, des pièces de vêtement vieillies, parfois de plusieurs siècles, ayant appartenu à d'illustres matadors, et dont quelques-unes ont des déchirures avec un morceau de drap rouge par derrière, marquant la place d'un coup mortel.

Au-dessus sont des cornes montées et des têtes naturalisées, de taureaux ayant donné la mort. Enfin, partout, sur les murs et dans les vitrines, des documents et des souvenirs.

De ces galeries, on descend dans une chapelle qu'on pourrait être étonné de trouver en pareil lieu ; mais l'esprit, au contraire, s'y trouve amené tout naturellement par ce qu'on vient de voir, et la transition est facile des réminiscences de ces vies passées à l'espérance d'une vie future.

Les toréadors, en brillants costumes, sont tous agenouillés sur les dalles, comme une jonchée de fleurs, prosternés dans une fervente prière. L'âme s'élève facilement vers Dieu chez ceux qui peut-être vont mourir.

Les grands picadors, seuls, sont restés debout, ne pouvant plier le genou dans leurs lourdes armatures.

Au fond, derrière la balustrade, on passe le front découvert et on parle à voix basse.

Certes, l'aménagement de cette salle consacrée à la prière n'est pas heureux. L'autel est installé dans l'embrasure d'une arcade condamnée ; il se compose d'un devant de cheminée et d'une tablette ornée de vases communs surmontés de fleurs en papier ; l'unique banc est fait de faïences arabes, et des trophées, qui sont plutôt des dépouilles, sont les seuls ornements suspendus après les murs.

On en pourrait sourire. On pourrait comparer ce refuge de la piété, relégué derrière les écuries, avec la riche chapelle d'autrefois, où les toreros entendaient la messe en compagnie du roi et de toute la cour, sous les yeux desquels ils allaient combattre ;

de même que l'on compare les rosses étiques, aux crins râpés, des picadors actuels, avec les vigoureux chevaux des anciens caballeros en plazza, à qui revenait en partie l'honneur de la victoire, ces superbes genêts d'Espagne au nez busqué, à la gracieuse encolure encapuchonnée, qui saluaient d'une courbette et s'en allaient caracolant, comme à la parade, la crinière nattée et la queue nouée de rubans.

C'était le temps où les fiers hidalgos ne dédaignaient pas de descendre dans le cirque, et, jetant leur gant à la tête du taureau, le provoquaient en combat singulier.

Hélas ! ces belles corridas ne sont plus, et les courses d'à présent, devenues une entreprise commerciale, n'en sont que la parodie.

Il faut bien le dire, l'objectif du picador n'est plus le même. Autrefois, montant un cheval dont il était propriétaire, il cherchait, tout en attaquant le taureau, à préserver sa monture, et faisait ainsi valoir son adresse comme cavalier autant que son courage. Aujourd'hui, le coursier que l'administration lui fournit est bon pour l'équarrisseur. Ce n'est pas au tournoi qu'il le mène, mais à l'abattoir.

Ce n'est plus une lutte, parfois sanglante, c'est une boucherie réglée. Le taureau, qui a déjà crevé plusieurs chevaux, souvent s'acharne à leurs cadavres, qu'il soulève et promène sur ses cornes, si bien que lorsqu'arrive le moment suprême, le toréador n'a plus à combattre qu'une bête épuisée, qui reste inerte ou se dérobe. Il ne lui faudra ni moins d'adresse, ni moins d'audace ; au contraire, car l'animal est plus difficile et plus dangereux à tuer, dans ces conditions, que lorsqu'il attaque franchement. Mais le public s'énerve à voir sacrifier toutes ces victimes sans défense, l'admiration s'émousse : le panache est tombé, le héros n'y est plus ! En somme, il faut bien le dire, ce sont souvent les chevaux que l'on plaint, et le taureau qu'on acclame. Si cependant, parmi ces antiques usages des toreros, dont il ne reste aujourd'hui que des vestiges dénaturés, l'épisode de la prière a conservé toute son ancienne grandeur, c'est que rien ne peut s'amoindrir de ce qui vient de l'âme et qui s'adresse à Dieu.

LA SÉRÉNADE

Tous les êtres qui aiment expriment leur amour par du bruit : du moins, ceux qui ont des pattes ou des jambes. Nous laissons de côté les poissons, les mollusques, et même les reptiles, malgré leurs sifflements. L'homme, en général, fait comme les animaux ; il rugit, il chante, il roucoule. L'Espagnol en particulier, pince de la guitare. Selon son rang et sa fortune, le galant est habillé de bure ou de soie, son instrument est en bois blanc ou en bois des îles incrusté de nacre et d'ivoire ; mais ce qui vibre dans les deux, le

cœur et les cordes, sont de même essence pour tous. Les cordes des guitares sont toujours en boyaux, et les cœurs des Espagnols sont toujours volages.

Ceci posé, entrons à la suite d'un guitariste et de son domestique par une baie pratiquée dans la haie du jardin.

Nous voici sous la fenêtre de la belle, au pied d'un perron envahi par les plantes grimpantes. L'instrument d'amour est soigneusement sorti de son étui. Le laquais qui, vu son âge, n'assiste pas à sa première sérénade, se tapit de son mieux sous une petite niche, dans le soubassement du perron, pour ne pas être vu d'abord, et aussi parce qu'on ne sait pas ce qui peut vous tomber sur la tête dans ces occasions-là.

Si la prudence est mère de la sûreté, l'expérience en est sûrement la grand'mère.

Après les premiers accords, l'amoureux commence ; il chante, il s'anime. Personne ne paraît à la fenêtre. Il rechante, il se dépite, il se désole. Personne encore. Il rere-chante, et le domestique, d'autant plus rassuré, finit par s'endormir, accompagnant la sérénade de sa basse ronflante.

Probablement, le chanteur, furieux de sa déconvenue, exhalera sa colère d'une façon quelconque ; peut-être brisera-t-il sa belle guitare sur le dos du dormeur. Peu nous importe. Ce qui serait intéressant de voir, c'est ce que fait là-haut celle qui ne se montre pas. Sans être ni diable ni boiteux, nous pouvons vous satisfaire.

Nous voici transportés sur une terrasse donnant sur la rue, du côté opposé au jardin. Tout est près pour le repas. La table, dressée sous un store en jonc, est garnie de deux couverts ; le vin est monté ; l'alcarazas, transpirant son eau fraîche, se couvre de gouttelettes comme le front d'un chauve, et la soupière attend qu'on la découvre.

Hélas ! ce n'est pas seulement la soupe qui attend sur la table ; il y a aussi une femme assise en plein dessus, et celle-là ne refroidit pas. Ah ! non ! On peut même dire qu'elle bout à tire-larigot. « Le traître ! l'infâme ! il ne vient pas ! » Elle a déjà trépigné sur l'éventail qu'il lui avait donné, et la mantille de fine dentelle, tortillée en corde, ne sortira pas repassée à neuf de ses petites mains nerveuses. « Le monstre ! il est peut-être aux pieds d'une rivale ! »

La pauvre vieille duègne, tricotant dans un coin, soulève à chaque instant le store et lance des regards inquiets sur la rue déserte. Pendant ce temps, malgré toutes les portes fermées, on entend la guitare persévérante qui ronronne en sour-dine dans le jardin. Tout à coup, la coléreuse délaissée agonit sa duègne de sottises :

« Imbécile ! âme servile ! vous croyez me montrer de l'intérêt avec votre manège de sœur Anne qui ne voit rien venir ! Au lieu de vous occuper de celui qui n'arrive pas, vous feriez bien mieux de me débarrasser de celui qui vient trop ! Vous ne comprenez donc pas que sa guimbarde m'exaspère ? C'est une insulte à ma douleur. S'il ne veut pas s'en aller, jetez-lui de l'eau bouillante.... dites-lui que vous l'aimez.... Non ! ne me quittez pas ! voilà mes nerfs qui me prennent.... Approchez donc le fauteuil, empotée ! Vous n'allez pas me faire évanouir par terre ? Tenez, sauvez-vous ! je vous battrais ! »

Le voilà bien, le petit dieu fantasque et malfaisant. Si au lieu d'aimer celui qui ne

84

l'aime plus, elle voulait bien aimer celui qui l'aime, tout le monde serait heureux, l'on mangerait la soupe encore chaude, et duègne et laquais, au lieu d'être battus, pourraient, à l'office, dire tranquillement du mal de leurs maîtres.

LES DÉBUTS D'UN CONFESSEUR

« Monsieur l'abbé est-il là ?

— Certainement, répondit la vieille servante ; si la señora veut entrer, je vais le prévenir. »

Et la sémillante Andalouse pénétra dans le patio, cour intérieure qui, en Espagne, sert à la fois de salon, de cabinet de travail, de tout enfin, excepté de chambre à coucher.

La nouvelle venue portait le costume national : corsage de velours orange orné de passementeries à grelots ; jupe de soie rose corail recouverte de grands volants en blonde blanche ; manteau de toréador en taffetas cerise agrémenté de soutaches aux paillettes étincelantes, enroulé sur les hanches ; bas de soie à coins brodés d'or ; souliers de satin très découverts, surmontés d'une bouffette à la pointe.

Les cheveux, d'un noir fauve à reflets bleus, étaient coiffés librement : bandeaux ondulés, chignon tombant, larges accroche-cœur cachant les tempes, avec, à gauche, une énorme pivoine écarlate et le grand peigne d'écaille, en forme évasée, retenant sur le sommet de la tête la longue mantille, également en blonde blanche, qui enveloppe la poitrine nue et se rejette par-dessus l'épaule.

Maintenant, regardons le visage. Il est joli, bien que les traits n'en soient pas absolument réguliers. Ce qui en fait le charme, c'est surtout son animation. Le nez mutin a des narines palpitantes ; la bouche, aux lèvres rouges et sensuelles, s'entr'ouvre en souriant sur de petites dents de croqueuse ; les grands yeux, à la fois mobiles et rêveurs, qui ont le blanc bleuâtre et l'iris sombre, comme des yeux de gazelle, sans en avoir le timide effarement.... oh ! combien non !... sont plutôt audacieux, mais cependant sans effronterie.

Un éventail, mis en mouvement perpétuel par une main blanche et gracieuse, aux longs doigts effilés, complète le personnage de la jolie visiteuse, qui se promène entre les colonnes d'un pas léger, balancé, langoureux, troublant le silence de la religieuse demeure avec les froufrous de sa jupe soyeuse, et répandant autour d'elle des parfums capiteux de bois de santal et de cannelle.

Depuis son arrivée, elle regardait avec étonnement ce qui l'entourait, tâtant l'étoffe des meubles, soulevant du bout du pied le coin d'un tapis, s'arrêtant ébahie, les yeux fixés sur une cage en cuivre repoussé, suspendue à une poutre de la galerie. Elle finit par s'exclamer :

« Ah ! çà, mais on a donc tout changé ici depuis ma dernière visite ? Des chaises, élégantes, ma foi ! une carpette ! des palmes tressées autour de la fenêtre ! des images ! des oiseaux ! On dirait qu'un vent de jeunesse a soufflé sur la vieille maison. Si je ne venais pas de voir la preuve du contraire, je croirais que M. l'abbé a changé sa gouvernante. »

A ce moment, celui-ci entra.

« Ah ! s'écria-t-elle en l'apercevant, lui aussi ! »

C'était un jeune garçon, timide et rougissant, habillé d'une soutane sans manches par-dessus sa veste, chaussé d'espadrilles et tournant dans ses mains gourdes et osseuses le bonnet réglementaire, tout neuf, à six pans, quatre pointes et le pompon. Il balbutiait, les yeux baissés :

« Pardon, madame, je suis le... successeur de mon... prédécesseur, que... ses infirmités... auxquelles son âge lui donnait droit, ont obligé à la retraite.... Si je puis le remplacer pour... ce que j'ignore... qui vous amène ?

— Mais certainement, monsieur l'abbé, répondit avec empressement la señora, qui avait peine à retenir un sourire. Je viens pour ma confession.

— Ah ! alors, je vais chercher les clés de l'église.

— Pourquoi faire ?

— Mais pour aller au confessionnal !

— Jamais de la vie ! Votre prédécesseur ne m'y a jamais conduite ; il m'a toujours entendue ici.

— C'est que sa paralysie était une excuse pour ne pas se déplacer, tandis que moi....

— Oh ! ce n'est pas pour cela ; avant qu'il fût impotent, nous faisions de même. Au confessionnal ! D'abord je ne vous y suivrais pas. Je veux bien me confesser, mais je ne tiens pas à ce qu'on le sache. Si l'on me voyait entrer dans votre boîte, on dirait tout de suite que j'ai dû assassiner père et mère. Ah ! non ! j'aimerais mieux risquer le Purgatoire !

— Puisque votre décision est formelle, reprit le prêtre résigné, je n'ai pas le droit de priver une âme des consolations qu'elle réclame, et, puisque le digne homme que je remplace a cru pouvoir le faire....

88

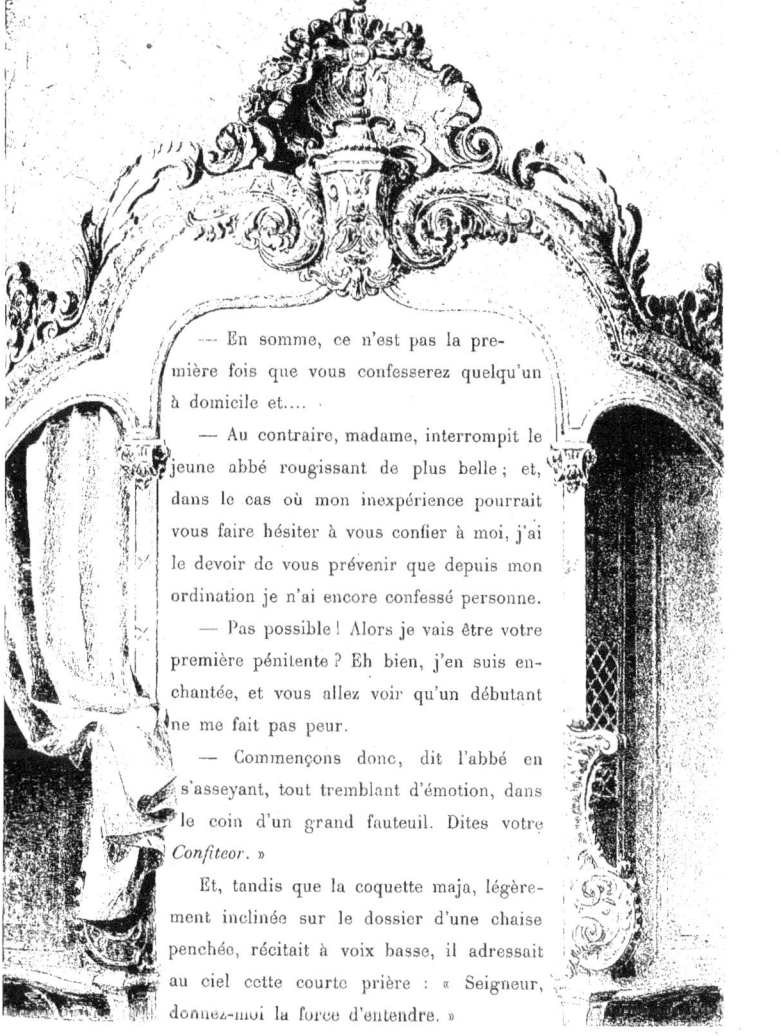

— En somme, ce n'est pas la première fois que vous confesserez quelqu'un à domicile et.... ·

— Au contraire, madame, interrompit le jeune abbé rougissant de plus belle ; et, dans le cas où mon inexpérience pourrait vous faire hésiter à vous confier à moi, j'ai le devoir de vous prévenir que depuis mon ordination je n'ai encore confessé personne.

— Pas possible ! Alors je vais être votre première pénitente ? Eh bien, j'en suis enchantée, et vous allez voir qu'un débutant ne me fait pas peur.

— Commençons donc, dit l'abbé en s'asseyant, tout tremblant d'émotion, dans le coin d'un grand fauteuil. Dites votre *Confiteor.* »

Et, tandis que la coquette maja, légèrement inclinée sur le dossier d'une chaise penchée, récitait à voix basse, il adressait au ciel cette courte prière : « Seigneur, donnez-moi la force d'entendre. »

Ici, tirons le voile sur les secrets de la confession ; mais le pauvre confesseur a dû passer par toutes les phases de l'ébahissement, s'il est tombé, pour ses débuts, sur une de ces Andalouses... fantaisistes, comme celle de certain voyage inoubliable de mon ami Lambert.

Du reste, voici l'histoire, et, comme il est prudent de lui en laisser la responsabilité, c'est lui-même qui va la raconter.

La diligence, attelée de ses mules, qui devait m'emporter, était déjà rangée dans le fond de la cour. Le mot *diligence* est peut-être ici un peu fastueux ; *coucou* serait plus approprié, si l'on pouvait l'appliquer à une voiture espagnole. Celle-ci se composait d'un seul compartiment à quatre places, surmonté d'une espèce de cabriolet se prolongeant par derrière en bâche pour abriter les bagages ; sous la capote, derrière le siège du cocher, il y avait une banquette, que j'avais inspectée et sur laquelle j'avais jeté mon dévolu, composée de trois places où l'on pouvait tenir deux. Je l'avais retenue pour moi et mon domestique.

Cette sage précaution prise, je n'avais plus qu'à attendre le départ en regardant les gens qui stationnaient ou circulaient autour de moi. Trois personnages causaient auprès d'une grande cuve de pierre toute moussue destinée à recevoir les eaux de pluie et servant de citerne. C'était une jolie femme vêtue à la mode de Séville, une élégante qui se dépeint ici d'un seul mot : une maja ! Ses deux interlocuteurs, portant aussi le costume andalou, semblaient, par leurs allures et de petits détails de toilette particuliers, devoir être des toreros. Leur conversation à voix haute, gutturale, et le groupe qu'ils formaient, brillant, multicolore, sur le fond vert sombre de la cuve, avait de quoi intéresser un voyageur comme moi, curieux des études de mœurs autant que des motifs pittoresques ; aussi je ne les quittais ni de l'œil ni de l'oreille.

Sur ces entrefaites, arrive un curé embarrassé d'un grand manteau, d'un parapluie, d'un carton et traînant un grand coffre garni de ferrures cloutées, qui devait remonter à l'époque de Philippe II. Il s'arrête près de la citerne, s'assoit sur sa malle historique, installe en travers sur ses genoux le grand carton en forme de poisson-nière qui contient le fameux chapeau que Basile a popularisé ; par devant, il accote le manche à bec-de-corbin du grand parapluie de cotonnade bleue à bout de cuivre, tire de sa poche son bréviaire, ajuste ses lunettes et se met à lire.

90

Ainsi, la scène se complète et prend les proportions d'un véritable tableau de genre, d'autant plus que la présence du nouveau venu ne tempère en rien les propos des causeurs, qui, au contraire, deviennent de plus en plus accentués. Alors, ce qui est tout à fait comique à voir, c'est l'expression de l'auditeur malgré lui : un mélange de courroux, de mépris, d'impatience et de dignité. Cette tête-là serait un trésor pour un peintre humoriste.... Cependant, le courroux et l'impatience l'ayant emporté sur le mépris et la dignité, le curé quitte la place ; il reprend ses paquets, et, toujours traînant son coffre, il gagne la voiture, dans laquelle il s'installe.

« Ah ! s'écrie alors avec stupéfaction la jolie maja, il part avec nous !

— Ah ! m'écriai-je à mon tour, voilà mes compagnons de voyage. Quelle chance ! »

Et je m'empresse de m'avancer vers eux :

« Señora, caballeros, vous allez à Grenade ? Moi aussi, faites-moi la faveur d'accepter un cigare. Lambert, voyageur français, pour vous servir. »

91

Et me voilà de la compagnie. En Espagne, c'est vite fait ; au bout de trois phrases, je savais déjà leurs petits noms. Celui qui porte une double veste sur l'épaule se nomme Pedro ; celui à la grande mante, Ramon, et la femme, Rosita. Elle est encore plus jolie de près.

« Très heureuse, me dit-elle, de rencontrer un étranger parlant si bien notre langue. Les Français sont gais, et la gaieté fait le charme des voyages. Mais c'est l'homme noir, là-bas, qui va nous ennuyer. Ce qu'il doit être insupportable ! Nous ne pouvons pas nous en débarrasser. Non ? pas de sang, n'est-ce pas ? Eh bien, alors, qu'il nous amuse. Tenez, il me vient une idée. Je parie une première loge pour les courses de demain que je lui fais commettre les sept péchés capitaux avant d'arriver à Grenade.

— Bravo ! m'écriai-je, c'est tenu ! Je ne demande qu'à perdre, car je pense bien aller dans la loge.

— C'est promis, nous irons tous ! reprit la ravissante parieuse. Maintenant, établissons les conditions. Il faut que cela se fasse honnêtement. Nous serons juges tous les quatre. Quand je croirai avoir obtenu un péché, je tendrai la main ; ceux qui admettront le péché comme bien acquis me donneront un maravédis, ceux qui ne l'admettront pas en donneront deux.

— C'est parfait ! repris-je ; mais en cas de partage de voix ?

— Eh bien, Pedro, qui est le plus âgé, aura voix prépondérante. Avez-vous de la monnaie ? »

Chacun tira sa bourse, et nous nous partageâmes nos maravédis en parts égales.

« Maintenant, dit Pedro, par quel péché commençons-nous ? Par le premier ?

— Ah ! non, dit Rosita ; je me réserve toute liberté.

— Alors, comment saura-t-on ? demanda Ramon naïvement.

— Mais, gros malin, vous le reconnaîtrez. Je prends l'engagement de n'opérer qu'au grand jour et devant tout le monde. »

Sur ce, le conducteur appelant les voyageurs, nous grimpâmes dans la voiture, où le curé, renfrogné dans le fond, avait l'air d'un dogue dont on envahit la niche.

Rosita se mit en face de sa victime, naturellement, à la place du carton, que le curé, qui n'avait pas voulu le mettre aux bagages, pas plus que son parapluie, dut reprendre et tenir tout droit devant lui. Sa mauvaise humeur en augmenta, et, quand Ramon et Pedro furent assis, les quatre places se trouvant occupées, il refusa éner-

92

giquement de me laisser monter en supplément. J'objectai qu'ayant payé trois places en haut, j'avais bien le droit d'en prendre une en bas, du moment que la majorité y consentait ; mais le bonnet carré se récria de plus belle ; il me traita de mauvais riche, et, finissant par m'exaspérer à mon tour, je l'appelai : « Porc-épic ! »

Le bruit de la discussion, qui s'échauffait, avait attiré les gens d'alentour ; le conducteur prenait parti pour l'Église, et mon domestique était dégringolé de sa banquette pour venir à mon secours. Alors, le curé menaçant de descendre plutôt que de m'admettre dans l'intérieur, la belle Rosita fit un geste de détresse et, s'élançant vers moi qui me tenais toujours sur le marchepied, elle me dit à l'oreille :

« Cédez. J'arrangerai tout au prochain relais. Je ne commencerai rien sans vous. »

Au son de cette voix si douce, à l'effleurement de ces lèvres si près de ma joue, je me calmai. Je gagnai ma place à l'impériale, et nous partîmes à grand fracas à travers la ville.

Je ne sais si c'était la discussion, ou la manière dont elle s'était terminée, mais j'étais encore fortement ému. Cette femme était décidément extraordinaire, et, à en juger par l'influence étrange qu'elle venait d'avoir sur moi, elle était bien capable de réussir dans sa folle entreprise. Oui ; mais le début était fâcheux. Comme un coq excité par sa victoire, l'autre braillait toujours dans la case en dessous, continuant la dispute avec les toreros. Il semblait même s'exaspérer de plus en plus, et j'aurais bien donné mon maravédis que la colère allait arriver à son paroxysme. C'eût été un point de gagné sur sept ; mais, après ?

Il me paraissait bien impossible à la femme la plus adroite d'exercer la moindre séduction sur un gaillard dans cet état-là, quand soudain il se fit un grand silence. J'eus un instant l'angoisse que le pauvre homme ne fût frappé d'apoplexie. Heureusement, la voix de Rosita monta vers moi ; on ne distinguait pas les paroles, mais les intonations douces et suaves n'indiquaient aucune inquiétude. De temps en temps, le bourdon assourdi du curé ronronnait encore quelque chose ; puis, peu à peu, la conversation générale s'établit sur un ton tout à fait courtois.

J'étais fortement intrigué ; aussi, quand la voiture s'arrêta devant la posada où l'on devait changer de mules, je me précipitai à la portière.

Oh ! stupéfaction ! le curé était souriant ; le carton à chapeau reposait complaisamment étendu tout de son long, moitié sur les genoux de son propriétaire, moitié sur ceux de l'aimable voisine d'en face, qui m'adressa une œillade victorieuse.

1. — m

On descendit. C'était l'heure du repas ; la table était dressée sous une tonnelle ombragée, et je vis avec étonnement mon terrible adversaire prendre place au milieu de nous, à côté de Rosita.

« Monsieur Lambert, me dit-elle, vous avez des excuses à faire à M. le curé, qui a bien voulu accepter notre invitation.

— Et moi aussi, reprit vivement celui-ci. Que tout soit oublié ! »

Et il me tendit sa main, que je serrai cordialement.

« Maintenant, continua Rosita, il nous faudrait un menu digne de célébrer une aussi franche réconciliation.

— Je vais m'en occuper moi-même, répondis-je, d'autant que je connais l'aubergiste et sa cave pour être déjà passé par ici. »

J'avais parfaitement compris qu'on allait débuter par le péché de gourmandise, qui prédispose à beaucoup d'autres.

Nous fûmes servis à souhait. On avait justement préparé, pour des voyageurs qui n'avaient pu venir, un dîner succulent : le puchero national, une matelote d'anguilles de torrent au xérès, et des perdrix rouges en une espèce de salmis à la purée d'ail, qui est la renommée du pays. Le tout, arrosé d'un certain vin dont je connaissais les vertus, fit merveille. Au fromage, la gaieté était à son plus haut degré ; l'ancien sanglier, devenu mouton, bêlait des refrains à boire, quand le muletier, que l'on avait fait patienter avec les reliefs de notre festin, vint nous prévenir qu'il fallait cependant repartir, car la journée s'avançait.

Rosita avait pris mon bras, et, me tirant, me poussant, me faisait marcher en zigzag à plaisir.

« Mais il est ivre ! s'écria-t-elle ; il ne va jamais pouvoir remonter sur sa banquette. Monsieur le curé, ce serait risquer sa vie. Il vaudrait mieux nous serrer un peu. »

J'avais encore compris. Décidément, cette femme avait une jolie dose de malice. J'abondai dans son sens, et, jouant mon rôle au naturel, je me mis à tituber tout seul.

« Oui, oui, dit le curé ; qu'il vienne avec nous. »

Je fis semblant de résister, mais ce fut lui qui me soutint pour monter dans la voiture. C'était, disait-il, un devoir de charité chrétienne.

On confia, cette fois, le carton à chapeau et le parapluie géant aux soins de mon domestique, et nous nous sardinâmes dans la boîte roulante.

Rosita s'était prudemment mise près de la portière sous prétexte de la fumée ; car

94

tout le monde fumait de mes cigares, le curé lui-même. Il faisait un volcan à lui tout seul, rejetant d'épaisses bouffées qu'il accompagnait d'éructations sonores.

« Quel dîner, mes enfants ! dit-il tout à coup. Ah ! ces perdrix ! j'aurai à me confesser du péché de gourmandise ! »

A l'instant, la jolie parieuse tendit sa main délicate, et chacun de nous laissa tomber un maravédis ; puis elle ajouta malicieusement :

« Nous n'avons encore fait que le septième de la route ; nous sommes en retard.

— A quoi, dit le curé, voyez-vous le chemin que nous avons fait ?

— Mais parce que j'aperçois là-bas le château de monseigneur, le précepteur de Son Altesse Royale. A propos, on dit qu'il est en disgrâce et qu'on cherche à le remplacer.

— On dit tant de choses ! remarqua l'abbé.

— Oui, mais de cela je suis sûre personnellement, reprit la fine mouche, qui venait de jeter son hameçon. Je ne dis pas que je sois chargée de chercher le remplaçant ; cependant, j'y pourrais contribuer fortement, étant affiliée au premier ministre par des ramifications intimes. Ainsi, je sais déjà quelles sont les qualités que l'on exigerait du successeur. D'abord, si l'on tient toujours à un ecclésiastique, on ne veut plus d'un haut personnage qui profite de sa situation pour faire les affaires du Vatican. On se contenterait d'un simple abbé ; de préférence même, étranger à la cour ; d'un âge mûr, de belle prestance et de santé solide, car il faut accompagner Son Altesse à la chasse et en voyage. En somme, sans vouloir vous faire de compliments, un homme comme vous, monsieur le curé ! »

Et elle le regardait avec complaisance.

« Oh ! dit celui-ci, les yeux écarquillés et rougissant de plaisir, vous êtes vraiment trop aimable. Y pourrait-on penser ?

— Eh ! mais, reprit la tentatrice, il se pourrait bien qu'on y pensât. Vous devez être suffisamment érudit.

— Oh ! pour cela, fit-il en se rengorgeant, je ne crains personne. »

Et il se mit à nous sortir toute sa science. Il avait mordu à l'appât.

Rosita l'écoutait avec un sérieux imperturbable ; et, pendant une demi-heure, il exhala tout l'ail des perdrix dans des discours entremêlés de grec et de latin.

Enfin, prenant pitié de nous, la rusée pécheuse, qui avait amené son pêcheur où elle voulait, l'interrompit :

« Assez, monsieur l'abbé ! dit-elle en minaudant ; nous ne sommes pas des altesses pour avoir droit à tant d'éloquence ; réservez-vous pour un élève digne de vous.

— Et croyez bien, reprit-il exalté, que le professeur serait digne de lui ! J'ai cet orgueil ! »

A l'instant, la petite main ouverte en coquille sortit prestement de dessous la mantille et les maravédis y tombèrent en tintant joyeusement.

Le futur mentor royal regardait, intrigué. Il finit par dire :

« Ah ! çà, voilà déjà deux fois que je vous vois faire ce petit manège ; serait-il indiscret d'en demander l'explication ? »

Nous étions tous interloqués ; mais elle répondit avec un sang-froid magnifique :

« Voilà. C'est que j'ai fait vœu de quêter pour les pauvres sept fois par jour en quelque lieu et en quelque compagnie que je me trouve. »

Puis, tendant vers lui sa menotte, elle ajouta :

« Si vous voulez participer à mes bonnes œuvres ? »

C'était vraiment du génie ! La coquine jetait de nouveau sa ligne. S'il était avare, on allait faire coup double. Mais non ! le voilà qui porte la main à sa poche ; il y puise et il en sort... sa tabatière ! De nouveaux maravédis tombent dans la jolie aumônière encore ouverte, tandis que lui humait sa prise en détournant la tête.

On était arrivé à une forte côte ; nous en profitâmes pour descendre.

Sensible autant que les autres à la volupté de me dégourdir les jambes, j'éprouvais surtout un violent désir de dilater ma rate. Je laissai donc les trois hommes marcher ensemble et j'offris mon bras à Rosita. Nous devisâmes gaiement d'abord de ce qui venait de se passer ; puis, peu à peu, je commençai à lui exprimer toute mon admiration. J'allais exprimer bien d'autres choses, quand les éclats de voix du trio attirèrent notre attention. Nous étions restés assez en arrière pour ne pas saisir le sens des paroles ; mais la mimique du groupe qui se démenait autour de la voiture, arrêtée au sommet de la montée, aurait suffi à nous convaincre que la discussion était animée. Tous les trois se livraient à une pantomime tauromachique, sans aucun doute ; le curé principalement. Il attaquait un taureau imaginaire, plantant ses banderilles, faisant avec son manteau des évolutions savantes pour attirer et détourner l'animal, sautant de côté, gesticulant, vociférant. Il semblait aussi exaspéré que le matin dans la voiture.

« Allons, bon ! dit ma compagne en pressant le pas, les imbéciles vont le remettre en colère ; nous n'en pourrons plus rien faire. »

Quand nous les rejoignîmes, il était trop tard pour s'interposer. Le torero en soutane était hors de lui.

« Ah ! misérables, criait-il à pleins poumons, vous osez préférer Cucharez à l'invincible El Chiquito !

— El Chiquito, dit Pedro, d'abord c'est un sobriquet, et un torero qui se respecte combat sous son vrai nom.

— A moins qu'il ne soit de grande noblesse, fit remarquer Ramon.

— Ou qu'il n'ait d'autres raisons qu'il n'a pas besoin de vous faire connaître, repartit le curé. Et qu'importe ? s'il a rendu son nom d'emprunt célèbre dans toutes les Espagnes ?

— Ah ! ah ! célèbre ! ricanèrent nos deux amis, pour quelques tours d'acrobatie !

— D'acrobatie ? hurla l'autre, d'acrobatie : le coup de la chaise, le saut périlleux par-dessus la bête ?

— Oui ! oui ! votre El Chiquito n'est qu'un saltimbanque.

— Un saltimbanque ! Ils ont dit un saltimbanque ! répéta le malheureux étouffant de rage. Un saltim…. »

Il pâlit, et j'eus encore peur pour lui ; mais, quand le sang eut recongestionné sa face :

« C'est bien, dit-il ; je ne resterai pas une minute de plus avec de pareilles gens. Conducteur, descendez ma malle ! »

Et il eut un geste d'autorité sublime.

Ni moi ni Rosita n'essayâmes de lui faire entendre raison ; c'eût été inutile et peut-être dangereux de le contrarier dans l'état où il était. Du reste, le cocher, médusé par le ton impérieux de son voyageur, avait, avec l'aide de mon domestique, mis ses bagages sur la route et nous conseilla de remonter au plus vite, comme s'il eût craint de grands malheurs. Nous restâmes silencieux.

L'énergumène, assis sur son coffre, au milieu du chemin, avait repris la position digne et courroucée qu'il avait eue près de la cuve ; mais, quand nous fûmes à quelque distance, il se releva d'un bond, furieux, agitant ses grands bras, brandissant son parapluie en des mouvements désordonnés comme un moulin désemparé qui n'aurait plus que deux ailes.

97

Nous entendions encore sa voix de stentor qui beuglait :

« Saltimbanque ! Savez-vous qui c'est, ce saltimbanque ?... C'est mon propre frère !... »

Et sa silhouette disparut enfin à un tournant de la route.

« Après tout, dit Ramon quand nous fûmes revenus de l'ébahissement de cette scène, ce n'est pas notre faute s'il a un si mauvais caractère. Il passera quelque muletier qui le prendra dans sa charrette. Il a assez mangé pour ne pas souper de bonne heure.

— Oui, mais, répondit Rosita nerveuse, moi je perds mon pari.

— Oh ! qu'à cela ne tienne ! lui dis-je ; je me considère comme battu tout de même, et vous aurez la loge.

— C'est fort aimable à vous ; mais mon amour-propre ? Vous savez qu'il les aurait faits ; j'en suis sûre, il les aurait faits ! Ces trois péchés-là vont me rester sur la conscience.

— Si cela devait vous consoler, ajoutai-je insidieusement, vous pourriez les faire faire à un autre.

— Oh ! vous ! fit-elle en riant, ça ne serait pas la même chose ! »

J'espérais qu'elle allait continuer ; mais sa petite bouche resta close, et, de crainte que ses yeux n'en dissent plus aussi, elle les ferma. C'était nous ordonner le sommeil à tous ; on lui obéit.

Ici finit brusquement le récit du voyage inoubliable de mon ami Lambert. Tout ce que je sais, c'est qu'il dura six mois et qu'il ne voulut jamais m'en dire plus long. Quand je demandais : « Et après ? — Après, disait-il, ce fut un rêve, et je ne raconte pas mes rêves ! »

LIVRE QUATRIÈME

LES PRÉLATS CHEZ EUX

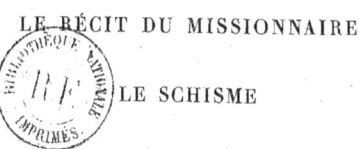

I. — II

LE RÉCIT DU MISSIONNAIRE

C'est un grand salon somptueusement meublé, mais d'aspect sévère. Une lumière diffuse, tombant du haut, l'éclaire d'un jour discret de chapelle. Seul, un rayon plus vif, venant du dehors, perce à travers les rideaux de l'unique fenêtre et, par contraste, rend la pièce encore plus mystérieuse.

Au fond, sur la grande cheminée de marbre, le portrait du cardinal de Richelieu, comme un spectre sanglant, apparaissant dans l'ombre, vieux, courbé, pâli, mais d'autant plus terrible qu'il est plus près de la mort.

Sur un autre panneau, voici le tableau sinistre du martyre de saint Barthélemy, crucifié.

Que va-t-il donc se passer d'épouvantable en ce lieu ?

Rien que d'aimable, au contraire, comme nous l'allons voir.

Des prélats, sortant de table, arrivent dans ce salon, pour y prendre le café et s'étendent sur les canapés et les fauteuils rangés en demi-cercle.

Au milieu d'eux, sur un tabouret, s'asseoit un moine tout vêtu de noir. Sa silhouette sombre se détache sur le groupe éclatant de blanc, de violet, de pourpre et d'écarlate. Sa tête de soldat, qui respire la bravoure, porte au front une cicatrice profonde et récente. C'est un missionnaire.

Il raconte ses aventures, et montre à ses poignets les trous encore béants de son crucifiement, car il a été crucifié : comme saint Barthélemy, comme Jésus ! Dans son agonie, il a fait à Dieu le vœu suprême, s'il était délivré, de revenir chez ses bourreaux apporter encore la parole divine ; puis, il est mort en priant pour ceux qui le torturaient.

Une troupe armée, arrivée trop tard, détacha son corps inerte, et, alors qu'on ne croyait ramener qu'un cadavre, il ressuscita par miracle. Aujourd'hui, fidèle à son vœu, et quoique à peine convalescent, il va repartir.

A mesure que parle le saint homme, sa tête inspirée semble de plus en plus belle, parmi tous ces visages qui ne reflètent que l'égoïsme et l'indifférence de leurs pensées.

Le premier personnage, assis sur le divan, qui d'une main tient sa tasse et de l'autre une cigarette, est un cadet de noble famille romaine et cardinal de droit par sa naissance, n'ayant jamais rien fait pour mériter cet honneur. Il approuve intérieurement la résolution du pauvre prêtre de retourner aux supplices : la religion a besoin de martyrs, et les meilleurs sont encore ceux qui le sont de bonne volonté.

Le second cardinal, tout de soie rose habillé, qui se vautre sur les coussins dans une pose de César, pense aussi que cet homme doit repartir : il est trop exalté pour qu'on le puisse laisser à Rome ; avec son éloquence et ses blessures, il remuerait le monde, et l'on a vu des papes venir de moins loin.

Le troisième, qui semble prendre au récit plus d'intérêt que les autres, est complètement sourd.

Le quatrième cause à voix basse avec un jeune néophyte, et, certes, il ne lui conseille pas d'en faire autant.

Quant au cinquième, nonchalamment renversé dans son fauteuil, il ne s'occupe que du manège comique d'un petit chien jaune à oreilles de chauve-souris, qui fait le beau devant lui, gravement assis sur sa queue en trompette. Puisque tout chien a le droit de regarder un évêque, rien ne s'oppose à ce qu'ils se parlent des yeux, et, dans ce cas, ils doivent se dire : « Il est bien ennuyeux, le missionnaire, qui empêche les petits toutous de faire leurs exercices pour avoir du susucre ! »

Si cependant, au récit des souffrances de ce malheureux, un peu de pitié pouvait naître au cœur de ces prélats, l'âme de Richelieu, qui toujours rôde autour des gens d'église, leur dirait : « Nul n'est puissant parmi les hommes qui ne sait aussi bien sacrifier l'innocent que punir le coupable ; et, sacrifier ou punir, c'est toujours faire couler le sang. »

Les grands ministres, soucieux de la défense du trône et de l'autel, dont l'histoire garde le souvenir, ont compris que les intérêts capitaux de la politique rendaient de certains forfaits nécessaires et que la raison d'État autorisait les plus terribles injustices.

Tout ceci peut sembler bien infâme ; cependant, chacun sacrifie à ses besoins ou même à ses plaisirs de pauvres êtres vivants, sans le moindre remords. Il est vrai que, ces victimes étant des bêtes, on a l'excuse de les croire inférieures à soi. Mais s'il s'agit de son semblable ?

Eh bien, il suffit peut-être que l'on ait la conviction d'être supérieur à son semblable, pour trouver tout naturel de l'envoyer mourir à sa place.

D'ailleurs, ici-bas, tout dépend de la manière de voir les choses, et de tout, sur la terre, on peut rire ou pleurer !

104

UN SCHISME

Dans une grande salle d'un riche monastère, toute tendue de vieilles tapisseries, devant la cheminée monumentale en granit sculpté, le couvert est dressé sur une nappe d'épaisse guipure. De chaque côté, en vis-à-vis, sont les deux convives, confortablement installés dans de larges fauteuils.

L'un, de haute taille, puissamment charpenté, visage coloré, front chauve et sourcils en broussailles, doit être de caractère jovial et de tempérament sanguin.

Il porte le costume de l'ordre des Trinitaires et le bonnet de satin noir à cinq pointes.

L'autre, absolument différent du premier, petit, étriqué, peau jaune, longs cheveux gris, mains nerveuses et agitées, a tout l'aspect d'un hypocondre bilieux.

Il est habillé de la soutane écarlate des cardinaux et coiffé de la barrette à quatre ailes.

105

Le déjeuner tire à sa fin. Il ne reste sur table qu'un pâté ébréché répandant une forte odeur d'épices et quelques bouteilles à demi vidées, de ces vieilles bouteilles auxquelles le temps a fait des robes de poussière que la main respectueuse du frère sommelier a su conserver immaculées. On devine le repas de haut goût, copieusement et savamment arrosé. Le cardinal, levant alors son verre, dit :

« Je bois à mon hôte, à mon vieux compagnon d'enfance, à Barnabé, le roi des abbés !

— Et moi, répond le moine, je bois à mon ami de jeunesse, à Son Éminence Ignace de Petrucci, au futur camerlingue ! »

Et reposant son verre qu'il a vidé d'un trait, il reprend avec effusion :

« Ce cher Ignace ! que c'est donc aimable à toi d'être ainsi venu passer, avec moi, quelques jours dans mon pauvre couvent !

— Pauvre couvent ? Peste ! une des plus riches abbayes qu'il soit ! un million passé de prébende ! Je ne te plains pas. La pourpre ne rapporte pas cela, tant s'en faut !

— Oui, mais toi, tu as les honneurs ! tu peux prétendre à la tiare !

— Oh ! oh ! prétendre à la tiare !... En rêver, peut-être !

— Tu la mérites, Ignace. Ta haute science, ta finesse de diplomate, ta largeur de vues, l'austérité de ta vie te désignent au choix du conclave. Tandis que moi, petit abbé obscur....

— Petit abbé obscur qui, par autorisation spéciale du Saint-Père, porte la mitre et la crosse ! Tu as rang d'évêque et titre de Grandeur. Tu es tenu en haute estime au Vatican, où l'on apprécie tes mérites à l'égal des miens, si ce n'est plus, et tu ajoutes encore à tout cela la plus rare des vertus : la modestie ! Barnabé, si tu n'es pas satisfait, tu es difficile ! Quand nous fûmes ordonnés tous les deux, le même jour, nous avions les mêmes ambitions. Partis du même point, nous avons marché vers le même but, par des chemins différents, il est vrai, mais sans nous distancer, et je ne vois pas pourquoi nous n'aurions pas encore aujourd'hui le même rêve.

— Ah ! ce cher Ignace ! toujours ce grand cœur ! Pourrait-on se plaindre à Dieu de la part qu'il vous fait lorsqu'il donne un ami tel que toi ? Quand je pense qu'étant petits nous nous battions pour un nid d'oiseaux, pour une pomme ! Tu m'appelais grand lâche.

— C'est que tu avais la main leste, et tu abusais quelquefois de ta force.

— C'est vrai ; mais tu savais bien te venger, en sournois. Et au séminaire, nos discussions théologiques ! Étais-tu assez autoritaire ?

— Et toi, têtu comme un âne ?

— Tu n'admettais pas la contradiction !

— Tu n'aurais pas cédé pour un empire !

— Et avec cela, convaincus tous les deux qu'il y allait de notre dignité ! Mon Dieu, qu'on est bête quand on est jeune ! et l'étions-nous assez.... jeunes ? Te souviens-tu de notre dernière querelle, qui fit tel scandale que nous faillîmes être chassés ?

— Si je m'en souviens ?... Comme si c'était hier !

— C'est vrai, tu n'oublies rien, toi !

— Il me semble que toi non plus !

— Oh ! moi, c'est différent ; j'ai le loisir de penser au passé.... Et puis, je ne te cacherai pas que je fus humilié, ayant raison, que nos supérieurs m'aient donné tort.

— Tu soutenais une absurdité !

— Une absurdité ?... C'est-à-dire que je n'avais pas d'arguments suffisants !... Mais, depuis, j'ai amassé des preuves avec lesquelles je pourrais aujourd'hui te clouer sur place.

— Ah ! ah ! je voudrais voir cela.

— Ce n'est pas difficile ; attends un instant. »

Pendant que le moine passe dans la bibliothèque contiguë à la salle, le cardinal, déjà très excité, s'installant dans son fauteuil comme pour un spectacle, repousse sur la table assiettes et bouteilles, afin de laisser la place aux bouquins dont Barnabé rapporte une énorme brassée qu'il dépose devant son adversaire. Puis, plaçant son siège en face de son ami, il commence à lui passer les livres ouverts aux bons endroits.

Pendant que celui-ci les lit, il en prépare d'autres d'avance qu'il empile sur le coin de la table, marquant les pages avec tout ce qui lui tombe sous la main, couteaux, fourchettes, cuillères, qui restent fichés dans les tranches des in-folio.

En même temps, la discussion commence, d'abord assez calme ; puis elle tourne à l'aigre et devient de plus en plus véhémente.

« Erreur ! hérésie ! » s'écrie le cardinal en interrompant à chaque instant sa lecture, crispant ses doigts comme pour repousser le démon et levant les bras en grands gestes d'exorcisme.

L'abbé, tout en bousculant ses livres, et déjà très rouge, riposte :

« Incrédulité ! mauvaise foi ! despotisme ! »

Et finalement, retournant son fauteuil, il se lève d'un bond, marchant à grands pas, le visage cramoisi, la calotte de travers.

« Enfin, tu nies l'évidence, comme toujours !

— Où est-elle, ton évidence ? Tu m'apportes un tas de rapsodies recueillies par d'infâmes falsificateurs ou bien suggérées à des imbéciles par Satan lui-même, et tu crois tout ça comme parole d'Évangile.

— Je crois les pères de l'Église.

— Les pères de l'Église !... de l'Église qui ne fut conçue qu'après eux !... Ils n'en pouvaient donc rien savoir, ou leurs écrits sont apocryphes.

— Apocryphe, la lettre de mon patron, saint Barnabé ? Vous oseriez le dire ?

— Oui, monsieur ! apocryphe ! Tout au moins, contestée !

— Contestée, l'épître de Barnabas, le compagnon de saint Paul ?

— Oui, monsieur ! justement parce qu'elle est en contradiction avec la doctrine de saint Paul !

— Eh ! monsieur, saint Paul n'est pas le bon Dieu !

— Votre patron Barnabé non plus !

— Il en est plus près que le vôtre, Ignace de Loyola !... un intrigant !

— Un intri... »

Le cardinal, devenu subitement blême et repoussant la table, se dresse de toute sa petite hauteur, et, d'une voix que fait trembler la colère, il s'écrie :

« Monsieur l'abbé mitré et crossé, ne touchez pas à ce colosse ! C'est vraiment pitié de voir cet évêque de tolérance s'attaquer à une des lumières de l'Église, qui, comme un phare éclairant le monde depuis trois siècles, montre aux égarés le chemin du salut.

— Une lumière de l'Église ?... Ah ! ah ! oui, comme celle qui est là, pendue au mur : une lanterne sourde, bonne à guider des conspirateurs dans des souterrains ténébreux !

— Mais au contraire ! c'est lui qui a combattu les conspirateurs ! Décidément, Votre Grandeur prend à tâche de tout voir à l'envers.

108

— Je vois les choses comme elles ont été.

— Qu'en savez-vous ?

— Au moins, telles qu'elles sont racontées dans l'histoire..

— Une histoire à vous ! que vous avez dénaturée avec de sottes légendes !

— Moi ? j'ai dénaturé l'histoire ?... Pourquoi pas tout de suite falsifié ?

— En tout cas, vous l'ignorez. Du reste, en fait d'instruction, vous êtes....

— Dites le mot ! dites-le !... Je l'accepte. J'aime mieux braire que mentir.

— Mais, malheureux ! le mensonge, c'est ce que vous soutenez ! Vous nagez dans l'hérésie ! Mais, si on l'écoutait, Votre Grandeur nous conduirait tout droit à un nouveau schisme !

— Un schisme ?... Soit ! Au moins Votre Éminence y trouvera-t-elle la joie de la séparation. »

Et les deux adversaires, d'un même mouvement, tombant rageusement dans leurs fauteuils, restent dos à dos sans prononcer une parole.

Oh ! messieurs ! deux prélats vénérés ! deux amis !

Si un peintre, soulevant le coin d'un rideau, pouvait voir cette scène, et qu'il eût ensuite l'idée de la reproduire.... quel triste exemple vous donneriez !

I. — 9

TIME IS MONEY

TOUT le monde connaît ce dicton populaire, certes bien ancien et très répandu dans le monde, car il existe dans plusieurs langues. A ce double titre, il a donc de l'importance ; mais cela ne prouve pas qu'il soit vrai.

Tous les vieux adages qui se transmettent à travers les âges ne sont pas des axiomes. Une erreur ne devient pas vérité parce qu'elle a duré des siècles, et bien des bêtises se disent depuis longtemps, et partout, qui n'en sont pas moins des bêtises.

Or, un proverbe n'étant pas un dogme qu'il faille croire sans réflexion, nous pouvons bien discuter celui-ci.

On ne peut nier que le langage ne favorise cette équivalence du temps et de l'argent, car on dit également des deux : qu'on en perd ou qu'en en gagne, qu'on le gaspille, qu'on le dépense ou qu'on l'économise. Par contre, d'autres locutions s'appliquent à l'un et pas à l'autre, comme par exemple : passer le temps, tuer le temps, etc.

Nous ne triompherons pas pour si peu ; mais, en admettant même que le temps ait quelquefois une valeur pécuniaire, il ne pourrait jamais représenter de l'argent que pour ceux qui l'emploient d'une façon lucrative ; car, pour les ouvriers sans ouvrage ou les riches qui ne font rien, le temps représente plutôt une dépense d'argent. Il faut tout de même manger les jours de chômage, et le badaud oisif n'occupe pas ses loisirs sans qu'il lui en coûte quelque chose.

Voilà donc déjà bien démontré que, si le proverbe est vrai, il ne peut l'être pour tout le monde, et voyons ce qu'en doivent croire ceux à qui il peut s'appliquer. Si le temps est de l'argent, il faut agir pour l'un comme pour l'autre, avec cependant déjà cette petite différence qu'on peut rattraper son argent et qu'on ne rattrape jamais le temps perdu. On va donc, pour gagner du temps, faire sa besogne le plus rapidement possible.

Eh bien mais, et les autres proverbes ? Il n'y en a pas qu'un qui dise le contraire :

« Hâte-toi lentement. »

« Vingt fois sur le métier remettez votre ouvrage. »

« Il ne faut pas faire deux choses à la fois. »

« Rien ne sert de courir. »

« Tout vient à point à qui sait attendre. »

111

« Qui veut trop faire n'arrive à rien. »

Et tant d'autres encore.

Il paraît que ça ne compte pas et qu'il en est des proverbes comme des religions : quand on croit à l'une, on se moque des autres.

Prenons comme exemple ce prélat si affairé que nous voyons travailler dans cette riche bibliothèque. Sa physionomie expressive, ses gestes multiples trahissent une activité fébrile ; tout le désordre qui l'environne, ces livres ouverts, ce déjeuner sur un coin de table encombrée, le chapeau, le manteau, la canne et les gants jetés sur le beau milieu du bureau, indiquent bien l'homme pressé. Il veut tout faire à la fois : lire, écrire et manger. Entre chaque bouchée, d'une main il trempe sa mouillette et de l'autre il prend des notes. Les yeux vont tour à tour au crayon qu'ils surveillent, au volume qu'ils consultent, au journal qu'ils parcourent, et, dans le cerveau surexcité, les idées naissantes de l'imagination se formulent, la mémoire évoque les docu-

ments acquis qu'elle conserve et reçoit les nouveaux qui vont s'y graver ; le jugement compare, choisit, analyse et synthétise.

C'est prodigieux !

Voilà bien réalisé le type de ceux pour lesquels le temps est de l'argent, d'autant plus précieux, en la circonstance, que les bénéfices en seront évidemment pour les pauvres.

Aussi, le chronomètre ouvert sur le marbre de la table, qui mesure le temps, compte les secondes comme un caissier scrupuleux compte les centimes.

Des adversaires chicaniers pourraient bien prétendre que le travail ainsi fait perd en qualité ce qu'il gagne en rapidité ; mais nous ne sommes pas des adversaires quand même, et nous voulons bien admettre que c'est parfait, en faveur de la bonne intention.

Cependant, tout cela peut ne pas finir aussi bien que c'est commencé, et, si le malin esprit s'en mêle, gare aux anicroches !

Voici, par exemple, la montre, qui est bien près du bord de la table, et un couvercle de sucrier, en équilibre sur l'angle d'un plateau, dont la position est bien inquiétante. Si Monseigneur, ne regardant pas ce qu'il fait, renverse sa tasse, quels dégâts ! La belle soutane tachée, la porcelaine brisée, tous les rouages de précision, chef-d'œuvre de Genève, faussés dans leur boîtier bosselé ! Il faudra sonner les domestiques, changer de vêtements ; n'ayant plus l'heure exacte, on arrivera trop tôt ou trop tard à son rendez-vous ; sans compter que le bleu de Sèvres aussi a une valeur, que les horlogers ne travaillent pas pour rien et les dégraisseurs non plus. Résultat final : pour un peu de temps gagné, beaucoup d'argent perdu.

On va peut-être nous dire : « Après ce chapitre philosophique, à quelle conclusion prétendez-vous aboutir ? »

Mais à aucune. Si les philosophes sont capables de toutes les prétentions, ils n'ont jamais eu celle de conclure. Les uns, traitant les questions par la méthode des semblables (*simili similibus*), combattent l'erreur par le paradoxe, la niaiserie par l'absurde. D'autres, au contraire, opposent le remède au poison. Chaque école a ses principes différents, et chaque professeur, sa vision particulière ; mais il n'est trace nulle part qu'aucun ait jamais conclu.

Des conclusions ! Faudrait-il donc alors que le divin philosophe se comportât comme un vulgaire homme de loi ? Des conclusions ! mais c'est fixer soi-même un terme à sa pensée, c'est borner l'infini, rogner la tête de l'arbre de science ; c'est avouer qu'on est au bout de son rouleau, qu'on n'entrevoit plus rien devant soi. D'ailleurs, des conclusions, on les attaque, et, si on les renverse, tout le système croule avec. La vraie philosophie dit à ses disciples : « Suivez-moi », et, ne disant pas où elle va, elle est sûre de ne pas manquer le but. Des conclusions, ce serait sa mort.

Des déductions plus ou moins logiques, c'est tout ce que nous nous permettons. Or, les proverbes étant la sagesse des nations, la sagesse étant la suprême vertu et un proverbe disant : « De la vertu pas trop n'en faut », la déduction est que c'est un proverbe qui dit justement qu'il ne faut pas trop croire ce que disent les proverbes.

113

LA RÉUSSITE

ARDON, monsieur avez-vous un catalogue ?

— Un catalogue ?

— Oui, pour avoir des renseignements sur ce petit tableau.

— Ah ! je comprends. Non, monsieur, il n'y a pas de catalogue ; mais je puis le remplacer avec avantage, parce qu'un catalogue ne vous donnerait qu'un titre, les mesures du panneau, le nom du peintre et quelques lignes de description, tout au plus, tandis que, moi, je suis à même de répondre à toutes vos questions. Ainsi, ce tableau représente un cardinal.

— Vraiment, monsieur, je le pensais bien.

— Ce cardinal est occupé à faire, avec un jeu de cartes, des combinaisons.

— Croyez, monsieur, que j'avais aussi vu les cartes.

— Ces combinaisons se nomment des patiences.

— Je le sais ; j'en connais, pour ma part, au moins vingt différentes.

— On les appelle aussi des réussites, parce que celui qui les fait pense généralement, avant de commencer, à quelque chose qui l'intéresse.

— Parfaitement, monsieur ! Vous pourriez ajouter que certaines gens sont assez superstitieux pour attacher à cela une importance telle, qu'ils ont un véritable désespoir quand leur réussite ne réussit pas. Ce que vous venez de me dire, tout le monde le sait ; ce que je désire connaître, c'est justement la chose à laquelle ce cardinal a pensé en commençant son jeu.

— Ah ! cela, je l'ignore totalement.

— Alors, monsieur, si vous remplacez un catalogue, je ne vois pas que ce soit avec avantage ; car, si vous êtes moins laconique, au fond vous n'en dites pas plus que lui.

— C'est-à-dire qu'à la première question que vous m'adressez, il se trouve que je ne suis pas documenté pour vous répondre ; mais, si vous m'aviez aussi bien demandé toute autre chose, j'aurais pu vous renseigner tout de suite. Ainsi, les tapisseries qui décorent les murs représentent des sujets de chasse de l'époque de François Ier et sont de la fabrique de Beauvais ; les meubles, en bois sculpté et doré, de l'époque de Louis XIV, sont recouverts en velours de la Savonnerie ; la table, de style renaissance italienne, est supportée par huit pieds qui figurent des satyres émergeant de touffes de roseaux. Au centre, un sphinx accroupi qui....

— Mais, monsieur, pardon de vous interrompre ! vous faites injure au peintre, si

115

vous croyez qu'il n'a pas rendu les objets avec assez de précision pour qu'on ne les puisse reconnaître. Vous pourriez aussi faire remarquer que le parquet est en bois, et si bien ciré, qu'il reflète la base des meubles ; que voici un coussin en soie, que la couleur en est mauve et qu'au milieu des broderies dont il est orné se trouve un écusson. Vous pourriez même dire de quelle famille ce sont les armes. Ne nous faites grâce ni du petit tapis de drap vert avec sa frange de passementerie et son chiffre brodé en or, ni du vase émaillé fond bleu garni de violettes et d'iris ; je crois qu'il y en a de plusieurs espèces. Eh ! monsieur, tout cela, ce sont des détails que le spectateur peut découvrir tout seul ; les amateurs n'ont besoin ni d'explications ni d'appréciations sur les tableaux qu'ils regardent.

— Fort bien ! Je ne suis pas chargé de renseigner les personnes sur ce qu'elles ne désirent pas savoir. Évidemment, je ne dirai plus rien, à moins cependant que d'autres choses ne vous intéressent : le portrait du peintre, par exemple, sa biographie, ses goûts, ses habitudes, ses relations.

— Non, monsieur. Je n'éprouve pas le besoin, devant une œuvre d'art, de savoir ce que son auteur mange à ses repas, ni comment il a le nez fait. Je ne veux connaître qu'une chose, et ma mauvaise chance fait que c'est justement la seule que vous ignorez, monsieur Catalogue.

— Le plus savant des savants ne sait pas tout, et monsieur Catalogue lui-même, puisqu'il vous plaît de me nommer ainsi, n'échappe pas à la loi commune. Cependant, on peut découvrir l'inconnu. « Cherche et tu trouveras », dit l'Écriture. Pour vous prouver ma bonne volonté, je vous propose de chercher avec vous.

— Ah ! monsieur, voilà une bonne et généreuse pensée. J'accepte et vous remercie. Commençons tout de suite. Dans mon idée, je me figure que ce prince de l'Église demande aux cartes s'il sera pape un jour.

— Je ne crois pas cela ; je ne vois rien dans sa physionomie qui indique une âme dévorée par l'ambition. Le sourire est trop empreint de bonhomie ; et puis, ces violettes, qui ont tout l'air d'être sa fleur préférée, ne sont-elles pas l'emblème de la modestie ? Je chercherais plutôt du côté familial ; ce doit être une nature affectueuse. Voyons, n'aurait-il pas pensé à la réussite d'un projet de mariage ?

— Pas pour lui !

— Évidemment, ni pour ses enfants. Mais son âge et sa qualité d'ecclésiastique ne s'opposent pas à ce qu'il ait des neveux.

116

— C'est vrai. Cependant, je fais, de suite une objection. Pour moi, ses traits indiquent la bonté, mais aussi la dignité, la droiture ; s'il s'est fait prêtre, c'est par conviction. Il doit respecter profondément la religion à laquelle il s'est donné, et, quoique consulter les cartes soit une distraction bien innocente en somme, il ne voudrait pas mêler une idée de mariage, qui est un sacrement de l'Église, avec des pratiques de cartomancie, dans lesquelles le diable peut bien quelquefois introduire le bout du doigt.

— Très bien raisonné ! Il faut chercher autre chose. Une affaire d'intérêt ?

— Eh bien, non encore. Les affaires financières n'intéressent que les commerçants, les avares ou les besoigneux. Or, un prêtre ne doit pas faire de commerce, et, quant à celui-ci, le luxe qui l'environne exclut toute idée d'avarice. Il ne pourrait avoir besoin d'argent que s'il était prodigue ; mais on ne le devient pas en vieillissant, on l'est de naissance, et il y a longtemps qu'à son âge un prodigue serait ruiné.

— De plus en plus juste ! Seulement, le motif devient aussi de plus en plus difficile à deviner. Peut-être même est-ce impossible ; car, enfin, notre personnage pourrait bien n'avoir pensé à rien avant de commencer sa réussite.

— Oh ! pour cela, je réponds que non. Comme je vous l'ai dit, je suis très versé dans ce jeu, que je pratique souvent. Cette occasion d'interroger le destin est son principal intérêt, et jamais un amateur n'y manquerait. Or, nous sommes devant un véritable amateur. Son installation confortable et méticuleuse indique l'habitude. La place choisie, face au jour, le tapis de drap, non pelucheux, de ton rompu et de dimension convenable, l'ordre avec lequel les cartes sont placées, l'alignement des rangées, les espaces entre colonnes, la régularité des paquets, tout révèle le professionnel, si l'on peut s'exprimer ainsi à propos de cartes.

Le calme du geste, l'expression de la tête disent la sérieuse attention, cependant que la tenue générale, un peu de travers sur le siège, les pieds écartés, une légère émotion dans les plis du vêtement, trahissent l'inquiétude passionnée.

Peut-on admettre qu'un homme sérieux s'intéresse, se passionne tous les jours pour une simple amusette, sans y attacher une idée quelconque ? Non ! Eh bien, malgré tout, supposons que cela soit possible. J'aurais encore une raison pour affirmer que ce n'est pas le cas de notre joueur. Et cela rien qu'en regardant ses mains. Il semblerait que le peintre les a particulièrement précisées pour que les initiés puissent y lire son caractère. Mais ce serait trop long à expliquer.

— Alors, je renonce à chercher plus longtemps, et, à votre place, j'attendrais, ne pouvant pénétrer ce secret, qu'il vienne à moi. Vous savez qu'à force de contempler une œuvre d'art pendant de longues années, on finit par y trouver des beautés cachées. Tous les jours, les critiques de métier découvrent, dans les chefs-d'œuvre

que contiennent les musées, des intentions nouvelles que les auteurs y avaient mises et qui, depuis des siècles, étaient restées incomprises. Je vous conseille donc d'acheter ce tableau, et, en l'étudiant à votre loisir, vous finirez par déchiffrer l'énigme.

— Excellente idée, monsieur Catalogue ! et de cette façon, l'ayant trouvé seul, personne ne saura le secret que moi.

— J'en serai d'autant plus charmé, pour ma part, que ce sera peut-être la première fois qu'un tableau sera acheté sur la simple recommandation d'un catalogue.

LE LANGAGE DES FLEURS

Les fleurs, évidemment, parlent à l'âme humaine. La rose dit l'amour ; l'humble violette, cachée dans l'herbe, la modestie. La pensée, le souci, le coucou ont même pris le nom de ce qu'elles expriment.

Les poètes, les amoureux et les locutions populaires ont ainsi donné à presque toutes les plantes une signification que la tradition leur a scrupuleusement gardée. On dit : fidèle comme le lierre à l'ormeau, bête comme chou, faire sa poire, cueillir la fraise. On sait ce que signifient la carotte, le navet, le chardon, une poignée d'orties, etc. Ainsi commencent toutes les langues, jusqu'au jour où un savant fait le premier dictionnaire. De même en fut-il pour le vocabulaire de Flore. Quand on eut bien décidément établi ce que chaque fleur voulait dire, on en fit des traités qui eurent les honneurs de l'in-folio, et le langage des fleurs exista : langage universel que tous les peuples peuvent comprendre, que les sourds-muets entendent, que les aveugles palpent. De nombreux adeptes s'en servent pour correspondre entre eux secrètement, depuis les amants séparés jusqu'aux diplomates les plus sérieux. Bien des événements historiques ont été déterminés par l'envoi d'un bouquet. Il

a souvent suffi d'une simple fleur pour faire tomber une tête. Les paroles volent, on peut les entendre ; les écrits restent ; c'est encore plus dangereux. Les fleurs se fanent,

silencieuses messagères, sans que l'on sache même qu'elles l'ont été ; car, lorsqu'on voit des gens faire un bouquet, qui serait assez malin pour deviner si ces fleurs assemblées veulent dire quelque chose ?

L'INSPIRATION

Son Éminence descendit un étage de l'escalier tournant qui mène aux caves les plus fameuses de l'Italie, et il pénétra, par une porte cintrée, dans les offices de son palais.

Il était suivi par maître Antonio Vatellini, son cuisinier en chef. C'était un grand personnage, dans son genre, que cet Antonio Vatellini. Grand, bien bâti, propre, soigné, élégant même, dans le costume de ses fonctions ; au moral, audacieux et bouillant, savant au conseil, net et bref dans le commandement. Rempli d'énergie et de sang-froid au coup de feu, on l'avait surnommé le César des cuisines. Enfin, c'était un cerveau de génie sous un bonnet de marmiton. La pièce où venaient d'entrer ces deux personnes, largement éclairée par le haut, était bondée de victuailles. Dans la vasque

122

en forme de coquille d'une artistique fontaine de marbre, gisaient des poissons étalés au milieu de blocs de glace. Ils étaient de toutes formes et de toutes couleurs ; leurs écailles irradiaient dans la pénombre de tous les reflets irisés de l'arc-en-ciel polaire.

Sur les dalles du sol, les gibiers, symétriquement rangés, formaient un demi-cercle où, poil et plumes apportaient leurs notes fauves, depuis le gris perle des gorges de perdrix rouges jusqu'aux feux sombres des faisans au cou d'aventurine et à la tête d'émeraude. Au fond, les légumes étalés sur des planches formaient une tapisserie de verdure dans laquelle flamboyait l'écarlate des piments. Et puis, une vraie bibliothèque de conserves, où les bocaux, alignés comme des livres, renfermaient les plus remarquables éléments de l'art culinaire. Et puis encore, tout ce que l'œil ne pouvait voir au milieu de tant de gueulardises répandues à profusion dans ce musée de l'estomac.

Son Éminence promena un regard satisfait tout autour d'elle, et s'adressant à son interlocuteur :

« Eh bien, maître Antonio, qu'allons-nous faire de tout cela ? Vous savez que je traite ce soir des convives de choix, et entre autres ce cher docteur, notre plus délicate fourchette.

— Attendez », dit maître Antonio.

Et les yeux au ciel, le menton dans la main, il resta pensif quelques instants.

Son Éminence, la bouche ouverte et les mains jointes, restait silencieusement béate devant l'oracle.

Tout à coup, Vatellini s'écria :

« J'ai trouvé ! C'est une inspiration divine ! »

Puis il ajouta, d'un ton qui n'admettait pas de réplique .

« Mais je demande à Monseigneur de conserver mon secret jusqu'à ce soir. »

Antonio n'avait pas trop présumé de son génie, et, à ce dîner mémorable, les convives convinrent qu'il n'avait jamais été mieux inspiré.

Ce fut sa plus belle victoire. Mais elle faillit coûter la vie au pauvre cardinal.

Grâce au ciel, vers minuit, le docteur, en quittant le fauteuil où Monseigneur, encore un peu rouge, venait de s'assoupir, put rassurer ses amis et les engager à se retirer sans inquiétudes.

« Ce ne sera rien, dit-il ; Monseigneur en sera quitte pour avoir eu une mauvaise... inspiration. ».

Et il ajouta *in petto :* « Heureusement pour lui que nous allons entrer en carême ! quoique, à vrai dire, ce diable d'Antonio confectionne de ces menus en maigre !... Nous aurons encore la marée, les gibiers d'eau, les primeurs, les racines, et tout cela savamment accommodé avec *una salzettina molto raffinata,* comme il dit ; voilà de quoi faire revenir le convive et le médecin. »

124

LIVRE CINQUIÈME

LES MOINES

LA DIME

LE RETOUR DES RELIQUES

LA SAINTE COLLATION

LE RAT QUI S'EST RETIRÉ DU MONDE

LA SEMONCE

LA DIME

ous sommes dans une toute petite ruelle longeant l'extrémité d'une toute petite ville d'Espagne : d'un côté, les murs des dernières maisons ; de l'autre, le précipice où mugit le torrent. Un petit parapet très bas indique au voyageur le danger d'une chute, plutôt qu'il ne l'en garantit ; car il est précisément démoli aux endroits les plus périlleux.

> Ceci prouve, en passant,
> Que comme un capitaine, au moment difficile,
> Un simple parapet est plus gênant qu'utile,
> S'il est insuffisant.

Dans cette ruelle accidentée cheminait un groupe composé d'un âne et de deux moines : l'un, jeune et vigoureux, marchant à pied, robe retroussée, la main armée d'une badine fraîchement cueillie ; l'autre, installé sur la bête, tenait ouvert un large parapluie rouge faisant office de parasol. Au côté du bât pendait une oie, et dans le fond des poches du bissac gisaient bien d'autres bonnes choses, l'auteur vous le garantit : les auteurs savent tout ! On revenait de prélever la dîme. Des deux bêtes de la troupe, nous voulons dire l'âne et l'oie, l'une dormait et l'autre était morte. Un curé vint à passer. Il ne souffla pas mot, en croisant la caravane ; mais, tout ce qu'une âme peut contenir de mépris, d'envie et de colère, d'un seul coup d'œil, fut exprimé. Et comme les auteurs ont la faculté de sténographier la pensée, voici la traduction du coup d'œil :

« Ah ! ces moines ! ils sont heureux ! Tandis que nous trimons jour et nuit pour administrer les sacrements à toute heure, visiter les malades, secourir les indigents, toujours payé maigrement et quelquefois pas du tout ; marchant à pied par tous les temps, dans la montagne sans chemin, à travers les fondrières ou sur les grandes routes en plein soleil, eux se promènent sans fatigue du monastère à la ville, récoltant des aumônes et percevant la dîme en nature, sans conteste et sans contrôle, ignorant les tracasseries de l'alcade et les remontrances de l'évêque. »

> Oui, ce sont eux qui sont les saints !
> Choyés partout où ils se montrent,
> Et de tous ceux qui les rencontrent
> Ils sont aimés, sans être craints !

Ce coup d'œil, qui en disait si long, fut sans doute compris par le jeune conducteur ;

aussi, pour s'y soustraire au plus vite, lança-t-il un vigoureux coup de houssine au roussin somnolent; celui-ci, réveillé soudain, se mit à trottiner; l'oie eut bien quelques soubresauts, trimballant la tête, mais n'ouvrit pas les yeux. Sans doute, la mauvaise humeur du prêtre ne dut pas s'en tenir là; mais l'auteur, devant suivre les principaux personnages, ne saurait s'occuper des subalternes après qu'ils sont passés.

Une jeune et jolie paysanne, portant sur la tête une cruche pleine d'eau qu'elle venait de puiser à la rivière, remontait la ruelle en sens inverse des moines, et elle vint à les croiser à l'endroit où le chemin se trouvait le plus rétréci. Elle se colla de son mieux le long du mur, rougissante, intimidée. Le jeune moine, en la frôlant, baissa les yeux; quant à l'autre, qui ne pouvait plus rougir sous les reflets de son parasol, soit qu'il se fût endormi ou qu'il feignît de l'être, il avait aussi les paupières closes. Si bien que cette fois, au contraire de la première rencontre, où les regards avaient ferraillé, il n'y avait que maître Aliboron qui eût conservé les yeux ouverts.

> D'un côté le péché, de l'autre un précipice :
> On ne peut faire mieux
> Que de fermer les yeux.
> Mais un pauvre baudet n'y aurait bénéfice.

Peut-être aussi se souvenait-il que le bâton marchait quand on rencontrait, ou bien, dans cet endroit difficile, ayant conscience de sa responsabilité, pensa-t-il que la vie d'un moine et que les biens de l'Église étaient confiés à la sûreté de son pied. Cette seconde rencontre se passa donc sans accident appréciable, pour l'instant; mais, cependant, quelqu'un y avait assisté, que personne ne put voir, ayant tous les yeux fermés : c'était messire Satan lui-même. Or, celui-ci ne se dérange pas pour rien; on va bien le voir.

Le lendemain, le jeune frère Gregorio voulut passer par le même endroit. Le Père Babylas n'y vit aucun inconvénient. Dormir ce chemin-là ou un autre lui était indifférent; quant à l'âne, on ne lui demanda pas son avis. Ce jour-là, on ne rencontra personne; mais, en causant de porte en porte, on finit par savoir que la paysanne à la cruche était la fille d'un fermier demeurant à l'extrémité de la ruelle et y tenant posada. On y entra comme dans une auberge, c'est le cas de le dire, et, au lieu d'y demander l'aumône, on y fit quelques frais. On revint les jours suivants; tant et si bien, qu'au bout de quelque temps voici ce qui se passait : l'âne s'arrêtait de lui-même

130

à la porte, entrait sous la voûte, gagnait l'écurie ; Babylas mettait pied à terre, Gregorio pénétrait dans la maison, et le diable, qui les accompagnait, invisible naturellement, jubilait.

Le démon se gaudit
De tout mal qu'il a fait, ne fût-il qu'éphémère ;
Mais aussi le maudit,
Et c'est ici le cas, jouit du mal qu'il espère.

Le père de Carmencita, la paysanne à la cruche, avait un fils de douze ans pour lequel il rêvait la carrière ecclésiastique. Le fiancé de sa fille : José, étant tenancier de biens d'église, il voyait pour sa lignée un avenir de concessions et de grasses prébendes qui faisait tressaillir sa poitrine, comme si elle eût été déjà pleine d'écus. Or, frère Gregorio s'était proposé comme professeur et commençait gratuitement l'instruction du bambin.

Pendant que celui-ci récitait *rosa, la rose,* lui, voyait de temps en temps passer Carmencita dans la cour, s'occupant, alerte et gracieuse, des soins du ménage. Ne se sachant pas regardée, elle n'avait plus les yeux baissés, comme dans la ruelle ; un franc sourire s'épanouissait sur ses lèvres, et Gregorio était heureux.

Mais, comment Babylas, qui n'aurait pu apprendre le latin à personne, s'arrangeait-il de cette vie oisive et, pour lui, dépourvue de toute compensation ? C'est que, premièrement, il subissait l'influence que Gregorio exerçait, du reste, sur tout le couvent. On le savait instruit, ambitieux, rempli de capacités ; tout le monde voyait en lui un futur prieur, au moins. Babylas y ajoutait la mitre, la crosse, la tiare ; ses prévisions sur la destinée de son jeune acolyte n'avaient pas de bornes, et il avait pour lui, le respect du lierre pour le chêne. Secondement, car cela était l'avenir, il avait présentement trouvé à occuper les loisirs que lui faisait l'éducation du frère de Carmencita en exploitant la naïveté du fiancé de celle-ci. Il jouait aux cartes avec lui dans la cour, assis sur le bât de son âne, une planche sur un baquet servant de table ; ça n'était pas luxueux comme aménagement, mais la partie ne manquait pas d'intérêt pour cela. Comme les jeux de hasard sont interdits par la règle du couvent, le bon frocard avait trouvé un moyen bien simple de mettre sa conscience à l'abri de tout reproche, en supprimant le hasard, à son profit naturellement, c'est-à-dire en écartant toutes chances de pertes pour lui et retirant toutes chances de gain à son adversaire.

131

Au jeu, l'on perd, on gagne ;
C'est le roc de Sisyphe halé sur la montagne
Et qui retombe en bas,
A moins que, gagnant tout, on ne reperde pas.

Pour arriver à ce résultat, le malin Babylas avait dissimulé, tantôt dans sa manche, tantôt sous le talon de sa sandale, des cartes préparées ; et de cette façon, le hasard n'étant plus pour rien dans le jeu, il pouvait s'approprier sans scrupule les maravédis de l'innocent José. Après les maravédis vinrent les pesetas, puis les douros. Enfin, quand l'élève de Gregorio ouvrit pour la première fois le *De viris illustribus Romæ,* le pauvre José, ayant perdu poil et plumes, était absolument désespéré. Le bon Babylas, qui dans sa jeunesse, disons-le tout bas, avait été contrebandier, ne lui rendit pas son argent, de peur de l'humilier ; mais il lui rendit

132

l'espérance en l'initiant aux pratiques de son ancien métier. José redevint plus riche qu'avant, mais il ne voulut plus jouer.

Cependant, depuis que durait cette existence sédentaire des deux frères quêteurs, on s'était ému au couvent; le frère trésorier trouvait qu'à eux deux, avec leur âne, ils ne rapportaient presque plus rien, tandis que de simples frères isolés faisaient des recettes fructueuses à pied, et même par les temps de pluie.

Babylas, qui pour rien au monde n'eût voulu troubler la béatitude de Grégorio, trouva cependant moyen de faire face à l'orage qui grondait dans la caisse vide du frère trésorier. Il eut encore recours au bon José, qui était resté son ami, malgré ses pertes, et peut-être à cause des gains qu'il l'avait mis à même de faire; il parvint à lui persuader que ces gains illicites prélevés sur le domaine de l'archevêque et à son détriment perdrait son âme, s'il ne les rachetait par quelque bonne action; et, finalement, il arriva à percevoir régulièrement la dîme sur toutes les marchandises de contrebande.

Alors, l'âne, qui ne s'en est jamais douté, rapportait tous les jours au couvent le dixième de ce qu'on avait volé

I. — ʀ

à l'archevêque. Aussi le trésorier, encore plus innocent que l'âne, en cette seule circonstance, bien entendu, ne tarissait-il pas d'éloges sur le zèle des frères quêteurs Babylas et Grégorio.

> Si tout bien mal acquis
> Ne profite jamais, cependant il arrive
> Que ceux qui, l'ignorant, en ont prérogative,
> Lui donnent leurs appuis.

Gregorio avait fini par rencontrer, entre temps, Carmencita; il lui avait une fois souhaité le bonjour, elle lui avait répondu : merci; le futur séminariste commençait sa théologie à la grande joie du fermier, enchanté de ses progrès; tout le monde, enfin, était heureux comme des saints en Paradis, et tout cela par l'entremise de Satan.

Oui, mais attendons la fin.

Un beau jour, le pauvre José fut pincé, condamné et mis en prison. Carmencita en faillit mourir. Ce fut Gregorio lui-même qui, se trouvant là, reçut sa confession et lui donna l'extrême-onction.

Le malheureux comprit alors l'étendue du mal qu'il avait fait, ou laissé faire : une famille au désespoir, un homme perdu, une femme mourante. Ce fut comme un coup de foudre éclairant sa conscience.

> De tout mal qu'ici-bas le diable a médité,
> L'homme est-il responsable,
> Sans en être coupable ?
> Oui, si pour son malheur il en a profité !

Aussi, depuis ce jour, frère Gregorio a quitté le monde; il est rentré dans sa cellule, dont il ne sort plus. Le jeûne, les mortifications qu'il s'inflige, le cilice qu'il porte ne peuvent calmer ses remords; mais le démon ne se tient pas pour battu, et il assiège le pauvre repentant de toutes ses tentations.

Le silence, pour lui, résonne des chants les plus mélodieux; l'obscurité s'illumine des visions les plus resplendissantes. Cependant il résiste, et Lucifer, renonçant à le vaincre par les sens, s'adresse à son orgueil.

Mais voilà où la justice du ciel se montre et combat le mauvais ange par ses propres armes. L'archevêque, touché de l'austère piété dont Gregorio donnait l'exemple, et connaissant de longue date sa grande science et ses hautes capacités, lui apporta lui-même les titres et les honneurs que le tentateur avait fait luire à ses yeux.

Aussitôt que don Gregorio fut installé prieur, crossé, mitré, il s'empressa de soulager sa conscience en rendant la liberté au pauvre José, qui put enfin épouser sa fidèle fiancée.

Et toutes les guitares d'alentour résonnèrent, accompagnant un refrain devenu depuis, légendaire :

> Lorsqu'un moine vous a volé,
> Et que l'on cherche à lui reprendre,
> On est privé de liberté ;
> Mais, lorsqu'il est forcé de rendre
> Ce dont il vous a dépouillé,
> Cela ne doit pas vous surprendre :
> Il ne rend que la liberté !

Le retour des Reliques

.... Le vieux pêcheur fit ainsi le récit de ce qu'il appelait naïvement « son mystère » : — J'étais encore bien jeune, je parle de longtemps. La guerre avait fini dans nos pays ; on rouvrait les églises, et les Pères blancs venaient de rentrer dans le couvent. Cette nuit-là, j'avais été tendre des lignes à l'endroit qu'on nomme le gouffre, quand, à la toute petite pointe du jour, je vis, derrière la grosse roche, le nez d'un navire à l'ancre. Il m'en passa comme un frisson, tant c'était extraordinaire. Peut-être bien que, depuis le déluge, c'était le premier qui venait là. Alors, à travers les rochers de la grève, arrivèrent des espèces de fantômes blancs qui se suivaient en file indienne. Heureusement je reconnus tout de suite les bons moines, car j'aurais pu mourir de peur. Il commençait à faire plus clair, et je m'en fus cacher pour voir ce qui s'allait passer.

Les Pères étaient maintenant jusqu'au bord de l'eau, avec le prieur, mitre en tête et crosse en main. Il y avait aussi des évêques, enveloppés dans leurs grands manteaux violets, et un, tout en rouge, arrivé au couvent depuis quelques jours et

qu'on disait, dans le pays, venir de Rome.
Sur ce, un canot vint du navire à la grève
prendre des moines et repartit tout de
suite ; mais il revint bientôt chargé d'une
grande caisse, et, cette fois, il n'y avait
pas de matelots : les moines tenaient eux
mêmes les avirons.

Sur la rive, douze autres, qui portaient
une civière garnie d'étoffe toute brodée,
attendaient. Ils avaient retroussé leurs robes
et étaient entrés dans l'eau jusqu'aux genoux. Quand le canot fut à eux, on ouvrit
la caisse avec de grands bruits de serrures et on en sortit une châsse tout en or
qu'on fit glisser sur la civière au moyen
d'une planche. Pendant ce temps, les Pères
s'étaient agenouillés par double rang face à
face, en laissant entre eux comme un chemin.

Les porteurs remontaient lentement, car
le poids était lourd et ils piétinaient dans
la mer sur le goëmon glissant ; mais, aussitôt qu'ils eurent pris pied sur la terre
ferme, le prieur, qui s'était dressé sur une
pierre, entonna un oremus, de sa grande
voix, qui fit résonner toutes les cavernes
dans les brisants.

Et puis, ils s'en allèrent tous ; et, quand
ils furent disparus, la chaloupe vint chercher le canot qui était resté avec le grand

coffre vide ; et la corvette leva l'ancre à son tour.

Au commencement de tout cela, j'avais cru à de la contrebande, à des proscrits, ou au roi qui revenait ; mais, dès que j'avais vu la châsse, je l'avais reconnue. C'était bien celle qui est dans la chapelle du monastère, que j'avais tant regardée dans mon enfance et dont je connaissais tous les saints en or qui sont assis tout autour, comme je connaissais mes parents ; et aussi, l'écriture en grandes lettres que j'avais épelée si souvent, et qui disait : « SACRILÈGE QUI ME CACHERAIT A LA LUMIÈRE, TANT QUE SERAI SUR SOL DE FRANCE ! » C'est pourquoi on ne pouvait pas la porter à terre dans sa caisse, et qu'il avait fallu la déballer en mer. Je m'expliquais bien cela, comme toutes les précautions pour que les matelots de la corvette ne connussent pas ce qu'ils apportaient, et le soin qu'on avait pris de débarquer si matin dans l'endroit le plus désert de la côte. On voulait cacher le retour des reliques, car elles ne pouvaient pas revenir, n'étant jamais parties. Tout le monde savait qu'elles étaient restées dans la chapelle, dont les moines avaient muré la porte avant de l'abandonner, au moment des guerres. La preuve, c'est que, depuis, elles avaient continué à faire des miracles même à travers le mur. C'était donc bien un mystère dont j'avais été témoin, puisque j'étais bien forcé de croire la vue de mes yeux et que ça ne pouvait pas se comprendre. — Le lendemain on démura la chapelle, et si, quand les premiers entrés eurent vu la châsse à sa place habituelle, j'avais dit que la veille elle se promenait sur la grève, on m'aurait brûlé vif.

Vous pensez bien que je n'en ai jamais rien raconté à personne. Mais, à présent que tous ceux d'alors sont morts, je vous le dis à vous, qui écrivez sur les histoires de nos pays, parce que, s'il plaît à Dieu que ça ne soit plus un mystère, il peut être utile de savoir comme ça s'est passé.

LA SAINTE COLLATION

Pour soutenir ma pauvre vie,
Dieu m'a donné bois et prairie,
Gibier, volailles et troupeaux ;
Tout ce qui vole dans l'espace,
Tout ce qui nage dans les eaux.
Divin Seigneur, je vous rends grâce
De ces festins de Lucullus.

   Oremus !

Que l'humble et fervente prière
  Remonte au ciel !
Pour le bon vin, pour le doux miel,
  Priez, mon frère !

Afin qu'en trois, le jour se coupe,
On déjeune, on dîne et l'on soupe.
En dehors de ces trois repas,
La règle interdit de rien prendre.
Mais on ne le peut toujours pas.
Pour l'estomac, c'est long d'attendre
De Vêpres jusqu'à l'Angelus.

   Oremus !

En mangeant, lire une prière
  Qui monte au ciel,
C'est racheter péché véniel.
  Lisez, mon frère !

LE RAT QUI S'EST RETIRÉ DU MONDE

Qui désignai-je, à votre avis,
Par ce rat si peu secourable ?
Un moine ? Non, mais un dervis.
Je suppose qu'un moine est toujours charitable.

(LA FONTAINE.)

Le bon La Fontaine, en une de ses fables, nous raconte qu'un rat, las des soins d'ici-bas, s'était retiré du monde dans un fromage de Hollande. Ayant à la fois le vivre et le couvert, il se trouvait heureux, quand un jour d'autres rats s'en vinrent lui demander une aumône légère : ils allaient en pèlerinage, chercher à l'étranger des secours contre le peuple chat ; la ville était assiégée, la république menacée.... Le solitaire leur répondit :

« Mes amis, les choses de ce bas monde ne me regardent plus. Je ne puis que prier Dieu qu'il vous aide. »

Et, ce disant, il leur ferma sa porte.

140

Le bon La Fontaine a bien fait de supposer seulement, et de ne pas affirmer que les moines fussent toujours charitables ; car, pour si rare que soit le cas d'en trouver un égoïste, sans cœur, on le peut cependant quelquefois rencontrer, et nous en voici le triste exemple sous les yeux. On dira : « Ce tableau est-il bien véridique ? » Pour qu'il ne le fût pas, il faudrait alors que Satan l'eût fait lui-même. On sait bien qu'un peintre d'aujourd'hui ne saurait inventer quelque chose. D'ailleurs, ce moine a une histoire qui nous en dira plus long que la peinture n'en peut montrer. Ce bon hypocrite, qui passe la tête à travers le judas de sa porte, ne fut pas toujours l'ermite de haute graisse que vous voyez. Il devrait se souvenir que lui-même fut autrefois un pauvre frère quêteur, ne vivant que d'aumônes, non pas de ceux qui ayant clientèle à la ferme comme au château ont toujours besace pleine et joyeuse humeur, mais que souvent, au contraire, il n'eut pour souper que des racines

Histoire d'un moine
et d'un bât d'âne.

et l'eau des fontaines ; pour reposer ses membres, d'autre couche que la terre ; pour abriter son sommeil, d'autre toit que la voûte des cieux. Mais il faut croire que les malheurs éprouvés ne font pas compatir à ceux des autres. Et puis, il faut le dire aussi, la fortune et la gloire endurcissent le cœur de l'homme. Or, sous ce double rapport, notre moine avait été comblé par le sort, ainsi qu'on le va voir.

En ce temps-là, le couvent qui l'avait abrité pendant sa jeunesse ayant été détruit

par la guerre, il était réduit à l'état misérable de frater ambulant, sans feu ni lieu, toujours par chemins, tire-la-patte, gratte-écuelle, courant de porte en porte et souvent chassé comme un chien galeux.

Un jour, il allait lentement par les bois, plus triste et plus malheureux que jamais. Son vieil âne était mort, et il rapportait, sur son dos, tout ce qui lui en restait : la bride et le bât. Il arriva ainsi, exténué de fatigue et de faim, devant une chaumière. Cette masure, dont les murs de terre délabrés s'affaissaient sous le poids du toit moussu, lui fit cependant l'effet d'un beau palais. Elle était vide et semblait n'être à personne. Or, comme ce qui n'est à personne appartient à Dieu, il en prit possession tout de suite, au nom de son divin Maître.

Dans l'unique chambre, il n'y avait rien qu'une petite statuette de la Sainte Vierge, placée sur le rebord de la cheminée. Le nouveau propriétaire lui fit sa prière, et, s'étant couché sur le sol, la tête appuyée sur le bât de son âne, il s'endormit profondément.

La prière du pauvre voyageur avait-elle été si fervente que la Sainte Vierge en fût émue ? Le génie des songes, pendant son sommeil, lui effleura-t-il le front du bout de son aile ? Le bât d'âne était-il un talisman bizarre, sans valeur tant qu'on s'asseyait dessus et reprenant toute sa vertu quand on s'en servait comme oreiller ? On n'en sait rien. Mais toujours est-il que le lendemain le frocard, en s'éveillant, avait dans la cervelle une de ces idées qui valent de l'or, pour ceux qui les ont.

Aujourd'hui, on peut voir le résultat de cette idée mirobolante. C'est une petite chapelle adossée au pignon de la chaumière, rustiquement construite avec quelques bouts de bois vermoulus et recouverte d'un toit auquel le fameux bât d'âne a servi de charpente. Elle est grande tout au plus comme une guérite ; mais elle réalise le vœu de Socrate, qui disait : « Ma maison est petite ; puisse-t-elle cependant être pleine de vrais amis ! »

En effet, ce temple minuscule est fréquenté par de nombreux fidèles, et les ex-voto qui y sont suspendus disent assez la vertu miraculeuse de la petite Sainte Vierge que contient son tabernacle.

Aussi, la renommée de Notre-Dame-du-Bât, comme on l'appelle, s'est-elle rapidement répandue dans les contrées d'alentour. On y vient, même de pays lointains, en pèlerinage. Ces jours-là, la chaumière entière, surchargée de couronnes et de guirlandes, disparaît sous les fleurs, et c'est par brouettées que le nouvel ermite ramasse les tronçons de cierges éteints. Dans les premiers temps de sa prospérité, il avait

fabriqué un tronc fortement scellé dans le mur, destiné à recevoir les largesses des pèlerins, pour les frais du culte ; et, comme il était l'unique desservant de sa petite paroisse, il s'offrait les offrandes sans conteste et sans partage. Mais, comme l'appétit vient en mangeant, il voulut augmenter son bien-être. Peu à peu, il cultiva le terrain autour de son domaine, il eut un potager sur la lisière du bois, il engraissa des volailles et fit construire une habitation confortable à côté de l'antique chaumière. Tant et si bien, que l'étalage de toutes ces richesses fit du bruit dans le monde et que l'écho de ce bruit parvint jusqu'au prieuré voisin. De prieuré en abbaye, il alla jusqu'à l'évêché ; peut-être alla-t-il jusqu'à Rome, car, un beau jour, survint un prélat, dans un riche carrosse, avec des valets galonnés sur toutes les coutures.

La voiture s'arrêta devant l'ermitage. Les grands laquais, ayant sauté à terre, abattirent les gradins du marchepied, et, lorsque Son Éminence fut descendue, ils se mirent à la recherche de l'habitant de ce domaine, faisant retentir, de leurs voix de stentor, les paisibles échos d'alentour. Les pauvres volailles s'envolaient, affolées ;

mais les oies se rebiffèrent, et le moine, arrivant essoufflé, eut peine à protéger les laquais, qui fuyaient à toutes jambes, chassés comme les barbares du Capitole.

Quand le bouleversement indescriptible que cette arrivée bruyante avait occasionné parmi la gent volatile fut enfin apaisé, Monseigneur, s'adressant à l'ermite tout gonflé de l'orgueil de cette visite, lui tint ce langage :

« D'où vous vient cet établissement, mon père ?

— Je l'ai trouvé vide, répondit le moine humblement, et je l'ai consacré à Dieu.

— Fort bien, reprit Monseigneur, et, comme ce qui est à Dieu est à l'Église, vous aurez dorénavant à me rendre compte des bénéfices qu'il vous procure ; car c'est moi qui suis chargé de les recueillir. Vous continuerez à occuper la place si l'on est satisfait du zèle que vous mettrez à l'accomplissement de vos nouveaux devoirs. »

Maintenant, le triste ermite, accablé de travail, gémit sous le joug, perdant un peu tous les jours de la bonne graisse qu'il avait amassée.

C'est pour d'autres, à présent, qu'il compte les beaux deniers du tronc, qu'on emporte dans des sacs étiquetés, pour d'autres qu'il récolte la belle cire des cierges. Il passe une partie des nuits dans les écritures et les chiffres, car Monseigneur n'aime pas les erreurs.

Sa Grandeur arrive toujours à l'improviste, et, comme les recettes sont bonnes, elle revient souvent.

Il est vrai qu'avec l'argent de l'ermitage on doit, plus tard, bâtir un couvent et une riche chapelle dédiés à Notre-Dame-du-Bât.

Bien des monastères célèbres n'ont pas eu d'autre origine.

Dans ce couvent, le pauvre ermite entrera pour mourir. On l'oubliera ; mais le bât d'âne sera conservé comme une relique.

Ainsi passe la gloire dans ce monde. *Sic transit gloria mundi !* Tout mangeur, tôt ou tard, à son tour est mangé.

LA SEMONCE

Il était une fois un gros cardinal très, très riche, qui habitait un grand château, avec des jardins superbes, plantés d'arbres séculaires, tous remplis d'oiseaux de toutes sortes qui venaient boire et s'ébattre sur les grands bassins. Dans cette demeure digne d'un roi, le cardinal recevait d'autres cardinaux de ses amis. On y menait une vie calme et douce de grand seigneur : repas plantureux accompagnés de musique délicieuse, siestes sous les ombrages pendant la chaleur du jour, et promenades dans la campagne en splendides carrosses.

Tout ce luxe ne faisait de mal à personne; au contraire : les paysans d'alentour vendaient à bon compte fruits, légumes, œufs, fromages, etc. Les malheureux bénéficiaient des reliefs de l'office et des larges aumônes de Monseigneur et de ses invités, tous très charitables. C'eût donc été le bonheur parfait sur un petit coin de la terre ; mais c'eût été trop beau !

En face du château, de l'autre côté de la vallée, s'élevait un monastère dont le supérieur était juste l'opposé du gros cardinal. Maigre, habillé d'une robe de bure grossière, il ne vivait que de racines et d'eau claire, et ne donnait guère meilleure pitance à ses moines. Ce n'était pas qu'il fût pauvre ; bien loin de là ; son ordre était un des plus prospères, et son couvent, en particulier, chef-d'œuvre de l'art gothique, était rempli de sculptures, de vitraux, de meubles rares et d'objets précieux. Il y en

avait tellement, qu'un frère était occupé, d'un bout de l'année à l'autre, rien qu'à nettoyer l'argenterie. L'abbaye possédait, en outre, des terres sans nombre, jusqu'à plus de dix lieues à la ronde. Mais l'ascétique prieur, considérant les biens de ce monde comme la perdition des âmes, se fût bien gardé de donner une parcelle de ses richesses à quelqu'un.

Le grand train d'existence de son voisin d'en face ne pouvait donc manquer de l'offusquer, et voici ce qu'il en advint.

Le pape d'alors ayant appartenu à l'ordre dont ce grand moine sec était le supérieur, celui-ci avait conservé près du Saint-Père une grande influence qui lui donnait sur tout le clergé une autorité dont il usait volontiers. Il fit comparaître le cardinal en sa présence, et, quand le prélat, tout penaud, fut assis sur la sellette devant sa toute-puissance, il lui infligea une semonce énergique sur ce qu'il appelait ses débordements. Il lui reprocha son luxe effréné, ses habits de soie garnis de fourrures, les pierres précieuses de ses bijoux, ses dentelles, ses voitures, sa livrée fastueuse, ses blasons, mis partout en évidence, son hospitalité magnifique, et jusqu'à ses aumônes exagérées, qui n'étaient que de l'orgueil déguisé.

147

Quand, depuis des siècles, les successeurs des Apôtres s'en vont prêchant la pauvreté, la frugalité, l'austérité, le sacrifice, lui, un des grands dignitaires de l'Église, donnait le funeste exemple de la richesse dissipée dans les plaisirs et l'oisiveté.

« Votre manque d'humilité chrétienne, lui dit-il enfin, mérite une pénitence, et voici ce que j'ai décidé. Je ne puis vous dépouiller de ce qui vous appartient ; mais faut-il au moins que l'Église en profite un peu. Vous avez, dans les combles de votre palais, une bibliothèque riche de manuscrits inestimables que vous laissez tomber en poussière. Dorénavant, je placerai en permanence dans cette bibliothèque quelques-uns de mes frères qui travaillent au grand ouvrage théologique que je prépare. Ce sont des savants et des âmes saintes, dont la fréquentation ne peut être qu'utile à vous et à vos amis. »

Il n'y avait pas d'objection à faire : le tout-puissant prieur aurait pu avoir plus terrible fantaisie.

Mais, hélas ! au château, ce fut bientôt fini de toute joie. Dans les escaliers, dans les couloirs, dans les allées du jardin, on rencontrait les bibliothécaires encapuchonnés, passant furtifs comme des rats, avec de volumineux paquets de manuscrits ou d'énormes in-folio sous le bras. On en trouvait installés partout. Aussitôt qu'on s'asseyait quelque part, sur un banc, fût-ce même sur la margelle d'un bassin, surgissait un fantôme blanc qui près de vous venait s'asseoir et commençait à haute voix sa lecture édifiante. Pas moyen d'échapper : il vous aurait suivi !

Aussi, peu à peu le grand parc devint désert, comme si l'on y eût tendu des pièges ; les invités se retirèrent l'un après l'autre pour ne jamais revenir, et le gros cardinal, resté solitaire, comprit enfin que la punition du vindicatif prieur, qu'il avait crue légère, était au contraire épouvantable. C'était l'exil dans sa propre maison !

LIVRE SIXIEME

LES VICTIMES DE L'ÉGLISE

LA LIBELLULE

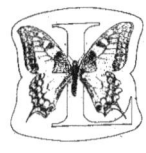E soir, quand le soleil a disparu, laissant des franges de pourpre aux nuages de l'horizon, quand le laboureur et le bûcheron ont quitté la plaine et le bois, quand les oiseaux, branchés, dormant la tête sous l'aile, ne peuvent plus ni rien voir ni rien entendre, les nymphes sortent du fond des eaux et, voilées par le brouillard, chuchotent à voix basse au milieu des roseaux.

« Ah! mes sœurs, quelle aventure! Figurez-vous que tantôt, au bord du ruisseau que j'habite, est apparu soudain un mortel terrible, tout de rouge habillé comme un cyprin doré. Il poursuivait une libellule affolée, qui vint se réfugier sur ces bords. L'homme lançait des regards pleins de convoitise et battait l'air de son filet perfide. Il était épouvantable à voir dans sa colère. Un instant, son pied glissa, et je le vis tomber et se débattre dans la fange; mais il se releva, et la pauvre libellule, hélas! était prise.

« Tenez! voyez, mes sœurs : voici les traces, imprimées sur le sol, de ses deux pieds et de sa large main.

« J'ai vu la pauvrette se débattre un moment dans ses robustes doigts; puis il la transperça d'un dard d'acier, et il contempla avec délices son agonie frémissante.

« Ce monstre eut alors un bon sourire, et, ayant piqué sa conquête au bord de son chapeau, à côté de papillons diaprés qu'il avait déjà pris, il continua sa route.

« Oh! c'est une infamie, mes sœurs! tous ces chasseurs de pauvres petites bestioles sont des barbares! et j'en appelle aux dieux! Que leur colère frappe ces mortels! »

Alors une voix se fit entendre, qui venait du fond des nues :

« Silence, païenne! et que ce ruisseau qui coule, à l'instant, de ses bords, efface ces empreintes! Il ne doit jamais rester trace qu'un cardinal ait pu faire un faux pas! »

LE SINGE SACRILÈGE

Lettre d'un singe à sa famille.

Mes chers parents,

Je vous écris de ma prison, car je suis enfermé dans une cage, sur laquelle est un écriteau portant ce mot : Sacrilège.

Qu'est-ce que cela veut dire ? et qu'ai-je pu faire de mal ?

Je n'en sais rien.

Il faut que cela soit bien grave, pour qu'on m'ait ainsi privé de la liberté et condamné au pain sec et à l'eau. Du reste, voici les faits. Jusqu'à présent, comme je vous l'ai toujours écrit, j'étais satisfait de ma nouvelle position. J'avais eu la chance de plaire à Son Éminence, mon maître. Je le distrayais de ses travaux d'écriture, et j'en étais largement récompensé par des caresses et des friandises. Il y avait bien

Bazile : c'est un tout en noir qui me chipe mes noisettes et me taquine à plaisir ; mais il me tient compagnie quand on ne veut plus de moi au salon, et j'aime encore mieux cela que la solitude ; d'autant plus que, pendant ces tête-à-tête, il m'a appris quelques tours avec lesquels j'ai eu assez de succès devant les amis de mon maître.

Enfin, sans être au mieux ensemble, nous vivons néanmoins en bonne intelligence,

et, sauf le chagrin d'être séparé de vous, mes chers parents, votre fils pouvait passer pour un heureux de ce monde : *Contentus sua sorte*, comme dit Monseigneur.

Depuis quelque temps, dans nos moments de loisir, quand Son Éminence est au Vatican, Bazile s'amusait à m'affubler d'une pèlerine rouge et me faisait faire les grands bras, en imitant les grimaces des prédicateurs en chaire. Il faut croire que j'y réussissais, car mon professeur s'en tenait les côtes à force de rire.

Je pensais que c'étaient les répétitions d'un nouveau tour pour amuser mon maître. Aussi, un jour que celui-ci travaillait avec un autre cardinal de ses amis, les voyant très préoccupés, je crus le moment venu de les distraire, et, profitant de ce qu'ils étaient absorbés dans leurs grimoires, je pénétrai, sans être vu, dans l'armoire aux habits qui était restée entr'ouverte. Je m'ajustai à la hâte, et, pour augmenter la majesté de la scène, je passai à mon cou la chaîne d'or et la croix de pierreries des grandes cérémonies.

Quand tout fut prêt, pour mieux surprendre mon public, je m'élançai d'un bond, avec grand fracas, de l'armoire sur la cheminée, en tirant après moi une grande ceinture que j'agitais comme un drapeau.

L'effet fut formidable.

Aussitôt qu'il m'eut aperçu, Monseigneur se dressa debout, l'air courroucé. Il saisit un balai dont il me menaça, puis il appela Bazile à tue-tête. Celui-ci arriva comme la foudre et s'élança furieux pour me saisir.

Ahuri de tout ce vacarme que je ne pouvais m'expliquer, je poussai moi-même de grands cris. Mais, malgré ma résistance désespérée, je fus en un instant saisi et dépouillé de mon costume, que Monseigneur jeta au feu immédiatement, en prononçant des mots latins.

On me battit impitoyablement, et je fus jeté tout tremblant de frayeur dans l'affreuse prison où, depuis ce jour néfaste, je pleure et cherche à comprendre de quel épouvantable forfait je me suis rendu coupable.

Serait-ce d'avoir mis les vêtements de mon maître? Cependant, pourquoi Bazile me l'avait-il enseigné? et pourquoi l'autre cardinal se tordait-il de rire pendant toute cette scène et avait-il l'air de me trouver si drôle?

Est-ce que je me formalise, moi, quand Monseigneur fait, le matin, ce qu'il appelle des mouvements hygiéniques, en petite culotte, avec une ceinture à anneau comme la mienne, ou qu'il répète ses discours avec les gestes?

Est-ce que je trouve mal qu'il imite mes grimaces, quand il marmotte ses oraisons ou qu'il grignote son pain beurré en clignotant des yeux?

Non! mais il paraît qu'il a le droit d'avoir l'air d'un singe et que je n'ai pas celui d'avoir l'air d'un prélat.

Décidément, il faut croire que le pire crime aux yeux des grands, c'est de leur ressembler.

156

L'IMPORTUN

En consultant le dictionnaire sur ce mot, on trouve :

« *Importun,* adjectif, du latin *importunus.* Se dit substantivement d'une personne : Un importun, qui ennuie, qui fatigue en s'ingérant ou en insistant, qui apporte le trouble, qui dérange. »

> Certaines gens, faisant les empressés,
> S'introduisent dans les affaires ;
> Ils font partout les nécessaires,
> Et, partout importuns, devraient être chassés.

(La Fontaine.)

I. — u

C'est bien cela ! La servante lui dit, à l'antichambre :

« Monsieur est allé se marier en province et n'est pas encore de retour.

— Que si ! répond-il doucement, en avançant d'un pas ; je l'ai vu revenir hier soir avec sa jeune épouse.

— Alors, vous pensez bien que, fatigués du voyage, ils reposent.

— Nenni ! j'entends leurs voix dans la salle à côté. »

Et, repoussant peu à peu la fidèle gardienne, il se rapproche insensiblement de la porte, qui s'ouvre pour laisser sortir un valet portant de la vaisselle.

« En tout cas, vous voyez bien qu'ils déjeunent, reprend la brave fille ; je ne saurais les déranger. »

Et, dans son zèle, elle essaye de barrer le passage, de ses deux bras étendus ; mais, malgré l'obstacle, l'importun se faufile comme une anguille par l'entre-bâillement de la porte et s'avance sournoisement, l'échine courbée, timide, humble, confus, cafard, balbutiant une excuse.... Qu'importe ! il est entré dans la place, et c'est pour la vie ; il ne la quittera plus jamais.

La jeune femme s'est levée, interdite ; déjà elle commence à subir l'influence sous laquelle elle devra plier, et déjà le mari n'ose intervenir.

Ah ! c'est qu'elle est sans limite, la puissance de ces parasites qui s'introduisent dans les âmes craintives ! Ils ont le museau rusé du renard qui guette et surprend, la mâchoire carrée du dogue qui mord et ne lâche plus, comme aussi la démarche souple et câline des félins ; mais ils ne sont pas de ces carnassiers qui attaquent, égorgent et dévorent : ils sont de ceux qui saisissent leur proie vivante par surprise, la paralysent et, s'enivrant de sang sucé goutte à goutte, l'épuisent lentement, comme l'araignée qui la tient garrottée dans les fils de sa trame perfide ou le vampire qui l'endort en l'éventant de son aile.

Ces hommes noirs s'en vont par le monde récoltant des âmes pour le ciel ; humbles, chastes et pauvres, ils ne veulent pour eux-mêmes ni honneurs, ni plaisirs, ni richesses, cependant qu'un pactole d'aumônes, qui jamais ne s'arrête, emplit d'or les caves de leurs monastères.

Avec l'instinct du serpent qui devine les nids où les petits sont sans défense, ils choisissent les sujets propices, dès l'enfance, les marquent, comme l'on fait dans un troupeau, les dressent, les préparent, les fanatisent, et, quand a sonné l'heure où chacun est libre de son bien, la victime est prête. Elle se dépouille d'elle-même. Elle

158

donne ce qui lui appartient, ce qui doit lui revenir et, quand elle n'a plus rien, soutire aux autres pour donner encore. A son lit de mort, sous le regard de l'homme noir, elle signe et vole ses enfants, dans son dernier soupir. Si cet homme était disparu avant elle, qu'importe ! un autre l'eût remplacé. Ils sont légion : pour un loup de moins, l'agneau n'est pas sauf.

Est-ce à dire, par ce sombre tableau, que l'on veuille flétrir la Sainte Église ?

Que non pas ! L'arbre n'est pas maudit pour quelques mauvais fruits qu'il porte parmi les bons. Combien de nobles prêtres apparaissent dans l'histoire, qui, compatissants et charitables, comme saint Vincent de Paul, ont dévoué leur vie à secourir les malheureux ! Ils sont innombrables, et si, tels que des étoiles, leur souvenir éclaire la sombre nuit des temps passés, combien encore, à l'heure actuelle, suivent leurs traces et donnent, à leur tour, de sublimes exemples de la charité éternelle !

Et puis, tout ce qui porte robe noire n'est pas forcément d'église, et Tartuffe est de tous les temps. Enfin, pour retourner à des idées plus gaies, les victimes ne sont pas toujours intéressantes, et beaucoup de ceux qui sont truffés l'ont souvent bien mérité.

159

LES DEUX ROBES ROUGES

N jour, au coin d'une porte, dans un magnifique palais de marbre, deux gros personnages se rencontrèrent, tous deux vêtus d'écarlate. L'un était le cardinal le plus puissant de la terre ; l'autre, cardinal des mers (comme l'a dit un grand écrivain), était un homard de grosseur merveilleuse, dressé sur un lit de citrons et de verdure ; il tenait dans ses pinces une couronne de roses et de lauriers qu'il semblait présenter à son frère.

Le prince de l'Église manifesta hautement son admiration. Le homard, lui, ne fut pas étonné ; en tout cas, il ne le fit pas paraître et ne bougea pas plus que Charlemagne, sur son tombeau, ne bouge devant l'admiration des voyageurs.

Quand Son Éminence eut traversé la galerie, et que l'écho de ses pas se fut éteint sous les voûtes sonores, les esprits invisibles qui parlent dans les tables, et qui peuvent aussi bien parler dans une carcasse de homard, se mirent à deviser.

« Vous devez être bien fier, seigneur crustacé, d'avoir revêtu la robe de pourpre, comme ce grand prélat ! De tous les animaux, vous êtes peut-être le seul à qui Dieu ait réservé cet honneur.

— Hélas ! répondit la pauvre bête, je me serais bien passé de cet honneur, puisque ce n'est qu'au prix de la vie que je l'achète. Cette enveloppe écarlate est un linceul pour moi, et je voudrais bien reprendre la robe d'azur sombre que j'avais au fond des mers.

— Eh ! eh ! reprit l'esprit, peut-être un cardinal en pense-t-il autant ! car lui aussi ne porte la pourpre que lorsqu'il est mort, pour le monde s'entend : ce qui est bien la pire des morts, car elle n'amène pas l'oubli. Savez-vous qu'avant d'être d'église celui-ci fut un galant et séduisant militaire, adoré des femmes, redouté des hommes, et que des souvenirs de fêtes et de batailles sont encore là vivants, à jamais enfouis sous cette soutane rouge, sans espoir de retour ?

— Tout cela est bel et bon, soupira le chevalier aux grosses pattes sous son armure ; mais, au moins, il peut encore manger, tandis que moi je vais l'être !

— Taisez-vous, fleur de mayonnaise ! dit l'esprit invisible ; je vous dis que cet humain est plus malheureux que vous. Je le sais ; car, lorsque j'étais homme, j'étais philosophe, et la philosophie a prouvé qu'un homme n'est jamais heureux, même quand il croit l'être. »

LA SAUCE MERVEILLEUSE

Fragments des mémoires d'un cuisinier.

.... Eh bien, oui, je suis bilieux, acariâtre, insupportable ! oui, j'ai le caractère mal fait et la cervelle aussi ! J'en conviens. Je vois tout en mal et je prends tout de travers, tandis que mon maître est calme, aimable, radieux, bouche de miel et cœur d'or.

Eh bien, après ? Nous ne nous ressemblons pas, voilà tout. Il est gras, je suis maigre. Il a le teint de lys et de rose et l'habit écarlate ; j'ai la peau jaune et suis vêtu de blanc. On m'appelle chef, et je lui obéis ; lui s'appelle serviteur de Dieu, et il commande à tout le monde. Il aime ses semblables et, veillant au salut de leurs âmes, il leur impose le jeûne ; moi, je les déteste et cependant je m'occupe de satisfaire leur appétit.

Évidemment, c'est lui qui a le beau rôle ; mais, aussi, je voudrais le voir à ma place, sécher devant les fourneaux et faire un peu mon terrible métier. Ou plutôt, non, je ne voudrais pas l'y voir, car c'est de cela surtout que vient ma mauvaise humeur.

Croirait-on que ce prélat, vénéré comme un saint, riche comme Crésus, savant, dit-on, comme un mage, a la manie de se croire cuisinier, et qu'il attache à ce talent imaginaire et prétentieux plus de prix qu'à tout le reste ? Si encore il se contentait d'être un Vatel platonique ! Mais non ! Il faut qu'il vienne marmitonner lui-même dans ma cuisine, ridiculement accoutré d'un tablier d'office. Il goûte mes sauces, et de ses blanches mains, ornées de l'anneau de saphir, il tatouille dans mes casseroles.

Il ajoute de-ci de-là des épices au hasard de son inspiration, et pendant ce temps les ragouts roussissent, le beurre tourne en huile : c'est un désastre !

Cela devrait faire esclaffer de rire toute la valetaille ; mais les domestiques sont aussi lâches que les autres hommes, et tous s'aplatissent devant le tyran ridicule. C'est, au contraire, à qui le servira avec le plus d'empressement. On l'entoure, on épluche ses légumes, on bat ses œufs, on prépare sa volaille. Si les petits goujons eux-mêmes pouvaient parler, je crois qu'ils s'écrieraient avec orgueil, comme autrefois les gladiateurs devant l'empereur romain : « *Ave, Cæsar ! fritituri te salutant !* »

Il faut le voir, quand il vient de confectionner un de ses poisons, diriger ses regards vers le ciel et, levant sa cuillère comme pour l'offrir à Dieu, s'écrier triomphant : « Cette sauce est exquise, elle est merveilleuse ! » Le pis, c'est qu'il me force à goûter, à mon tour, les audacieuses fantaisies de son horrible cuisine !

Ah ! s'il y a une justice au Paradis, où il ira sans doute, j'espère que là, il n'en aura pas d'autre à manger !

LA PÊCHE A LA LIGNE

« Ohé ! là-bas, les petits ! Cyprin ! Carpeau ! Ablette ! venez donc un peu par ici ! criait, au fond de l'étang, une énorme carpe, moussue, couleur de bronze, nageoires sur les hanches et gros yeux cerclés d'or. Où donc filez-vous si vite, comme si vous aviez le brochet en queue ? On ne s'arrête donc plus pour dire bonjour à maman Carpe ? Ah ! mais, que vois-je ? Des nez égratignés, des lèvres fendues ? On s'est donc battu ?

— Non, madame Carpe ; on a eu bien peur, on a été un peu entamé, mais on ne s'est pas battu. C'est le géant du feu, c'est les petits serpents si bons à manger....

— Voyons, dit la carpe, ne parlez pas tous à la fois. Toi, Barbillon, raconte tout seul.

— Eh bien, madame, figurez-vous que l'eau avait l'air tout rouge près de l'embar-

cadère ; naturellement, on est allé voir avec les camarades, et puis, voilà Carpeau, qui
était devant, qui tout d'un coup se débat et monte au ciel. On était tout bouleversé
de ce qui venait d'arriver, que c'est le tour d'Ablette, qui disparaît de la même
manière. J'étais resté désolé à tourner autour de la place, quand je vois descendre
un petit serpent que vous savez. Si triste que l'on soit, ça n'empêche pas d'être gourmand ; je le happe, ça me pique, et je suis enlevé aussi. Alors, tout étourdi de cette
chute en l'air, je me sens serré, suffoquant, asphyxié dans une immense pince. C'est
là que j'ai eu la lèvre arrachée, et je m'évanouis.... Quand je suis revenu a moi, je
me trouvais avec Carpeau et Ablette dans une prison toute petite où il y avait de
l'eau juste de quoi respirer. Il ne venait qu'un peu de jour par en haut, à travers des
petits trous ronds rangés en losanges. Je regardais ce drôle de plafond, quand le voilà
qu'il s'ouvre et se referme aussi vite pour laisser passer quelqu'un : c'était Cyprin,
à qui il venait d'arriver la même chose qu'à nous. Au bout de quelque temps,
d'autres camarades étant encore tombés par la trappe, nous étions si serrés, qu'on ne
pouvait plus se retourner. Je craignais, si cela continuait, de mourir étouffé, quand
soudain on frappa un grand coup sur le mur en dehors, la prison culbute, la trappe
s'ouvre, et nous voilà à sec sur le plancher de l'embarcadère. A force de contorsions et
de coups de queue, je parvins à gagner le bord et je retombai à l'eau pêle-mêle avec les
amis. Je ne sais pas si tous ont pu se sauver ; nous n'avons pas attendu pour filer, et
nous en étions encore affolés quand vous nous avez appelés. Oh ! j'en tremble encore !

— Pauvres enfants ! dit la bonne carpe après ce récit tragique, c'était donc vous !
Mes yeux affaiblis par l'âge ne vous avaient pas reconnus de loin ; mais j'ai vu toute
la scène. Il faut vous dire que j'ai là au-dessus, entre les nénuphars, un petit obser-
vatoire où je puis me tenir cachée à fleur d'eau et d'où je m'amuse à regarder ce qui
se passe sur la terre. D'abord, sachez que ce géant rouge est le maître de l'étang ; je
le connais bien. Je lui fus donnée un jour avec plusieurs de mes compagnes, et c'est
lui qui nous a amenées ici, dans son propre carrosse ; car vous devez savoir que je
ne suis pas originaire de ces eaux ; je suis née *De Fontainebleau*, et mes ancêtres
remontent au roi François Ier. »

La noble carpe douairière ne manquait jamais l'occasion de rappeler le prestige
de sa naissance.

« Or donc, reprit-elle, Monseigneur s'était installé ce matin pour une longue
séance ; car on lui avait apporté un fauteuil et mis un tapis sous les pieds. Je le

I. — ρ

contemplais en vieille philosophe que je suis, espérant qu'il prendrait peut-être un brochet ; car c'est savourer la plus complète vengeance que de voir les tyrans s'exterminer entre eux. Malheureusement, il n'avait encore capturé que quelque menu fretin. Hélas ! si j'avais su que ce fussent vous, mes mignons, je n'aurais pas été si tranquille ; mais, que voulez-vous ? je ne croyais pas les connaître. On trouve la guerre inique et désastreuse quand on y perd ceux qu'on aime ; tandis que, si les victimes vous en sont inconnues, on appelle cela des sacrifices nécessaires pour une grande cause. Certes, la passion de la pêche est barbare et cruelle pour nous. Cependant, c'est pour la satisfaire que l'homme prend soin de conserver notre espèce. Il cure les étangs, où nous serions empoisonnés de vases pestilentielles. Il nous amène, par ses écluses, de l'eau vive et fraîche durant les étés torrides, où nous serions desséchés, et il nous protège en détruisant les monstres qui nous dévorent par centaines. Vous voyez donc que les quelques innocents sacrifiés au pêcheur rachètent la vie de beaucoup de leurs semblables. Tâchez seulement de ne pas être parmi les martyrs. Cherchez votre nourriture où elle doit être naturellement, et méfiez-vous de toute proie qui semble tomber du ciel: Pour en revenir à notre histoire, je vois donc, à un moment, Monseigneur qui tire à lui de toutes ses forces ; le jonc plie. Ce doit être une grosse pièce, pour sûr. Pendant ce temps-là, sans que le maladroit s'en doute, le bout de la canne attrape l'épuisette qui renverse la boutique, d'où s'ensuit le bouleversement qui vous sauve la vie ; et, pour comble de malchance, la ligne se casse. La grosse pièce l'a échappé belle ; car, à ses secousses, j'avais jugé qu'elle était bien harponnée : je m'y connais ! Le comique de l'affaire, ce fut le pêcheur désappointé, son tronçon de canne à la main, apercevant sa boîte vide. Vous voyez la tête ! Je me tordais ! »

La carpe s'arrêta soudain, terrifiée.

« Chut ! mes enfants ! » dit-elle à voix basse ; regardez. »

Et un brochet monstrueux passait entre deux eaux, nageant péniblement, penché sur le côté, l'œil déjà terni ; de sa bouche sanglante pendait un long fil qui traînait derrière lui le morceau de jonc brisé.

Quand il fut passé, la carpe s'écria, triomphante :

« C'était lui ! Il en mourra ! il a avalé l'hameçon jusqu'au cœur ! Ah ! mes chers petits, pardonnez à Monseigneur la peur qu'il vous a faite ; il vous a bien vengés !

LE VILAIN GOURMAND

Un des derniers jours du carême, Monseigneur, venant d'achever son déjeuner, avait fait ouvrir la fenêtre. L'atmosphère était tiède, le soleil, sans se montrer encore, se laissait déjà pressentir.

« Donnez-moi, dit Monseigneur, mon grand chapeau de paille, ma trousse de jardin, mes sabots, et priez signor Bazilio de descendre. »

Quand il signor Bazilio entra dans la salle à manger, son regard embrassa d'un seul coup d'œil tous les reliefs du déjeuner, et d'une seule aspiration son nez respira toutes les douces émanations qui s'en dégageaient.

« Ah ! mon pauvre Bazilio ! dit Son Éminence, vous voyez à quel triste sort m'a réduit la Faculté : je fais gras, par ordre ; je suis même dispensé de dispense, tandis que vous, vous pouvez faire maigre et jeûner à votre aise !... Vous avez jeûné, ce matin ?

— Oui, Monseigneur.

— C'est bien ! »

Tout en parlant, Monseigneur empilait des gâteaux sur un plat d'argent.

« Tenez, Bazilio, prenez ce plateau. »

En saisissant le plateau, Bazilio eut un regard d'indicible joie.

« Nous allons, continua Monseigneur, régaler les cygnes et les canards. »

Le regard de Bazilio s'éteignit tristement.

Monseigneur, très alerte malgré sa triste santé, s'achemina vers la pièce d'eau, suivi de son acolyte résigné.

Monseigneur pensait que cette promenade lui ferait grand bien et que sa digestion serait bonne. Il regardait les arbres du parc, qui bourgeonnaient à peine et prenaient à travers la brume argentée des tons de malachite et d'opale. Il respirait à pleins poumons, et, quoiqu'il n'y eût encore aucune fleur, il sentait ces parfums indéfinissables qui sont l'odeur du printemps.

Bazilio suivait à trois pas, les yeux fixés sur le plateau qu'il portait. Il regardait les brioches, les massepains, les galettes, et les raisins de Corinthe enchâssés comme des pierres précieuses dans les babas dorés.

Lui aussi respirait à pleins poumons, sentant de tièdes parfums de vanille, de

citron et d'angélique qui s'exhalaient de la pâtisserie, et il pensait que cette promenade lui faisait grand mal, qu'il n'avait encore rien pris depuis la veille et qu'il avait
l'estomac creux.

Arrivé près du bassin de marbre, Monseigneur s'arrêta. Du plus loin qu'ils le
virent, les grands cygnes blancs se mirent à nager vers lui; le cou droit, la tête haute,
les ailes relevées en forme de corbeille, ils s'avançaient nobles et majestueux, laissant
après eux un ondoyant sillage argenté sur la surface calme et sombre de l'eau. Un
peu en arrière, s'empressaient les canards multicolores, pointant du bec, chassant des
pattes, en cohorte piaillante et chahutante.

Le bon prélat cassait les gâteaux que lui passait
Bazilio et en jetait les morceaux dans le bassin, en
disant d'une voix flûtée : « Petits ! petits ! »

Mais tout à coup il se retourna. Bazilio était debout,
tout droit, figé, les yeux baissés, la bouche pleine, et
la main droite dissimulant derrière son dos le restant
d'une brioche : la statue du flagrant délit !

« Je vous y prends, dit Monseigneur avec une moue
dédaigneuse. Oh ! le vilain gourmand !... Heureusement
pour vous qu'il est midi passé et que le jeûne est terminé ! Rendez-en grâce au ciel ! Cinq minutes plus tôt,
vous étiez damné pour l'éternité ! »

L'ABOLITION DE L'ESCLAVAGE

Son Éminence Monseigneur X*** est un homme du Nord, et don Kacatoès est né sous les chaudes latitudes du Sud.

Pourtant, ce dernier est un des plus ardents partisans de l'abolition de l'esclavage ; tandis que Monseigneur est d'un avis tout différent.

Il ne pense pas que l'on doive accorder la liberté (au moins à tout le monde) ; mais, comme il est au fond très bon, il cherche à adoucir les rigueurs de l'esclavage à ceux qui sont sous sa domination.

Il n'est pas de soins et de prévenances dont il ne comble son kacatoès favori.

Kacatoès accepte caresses et friandises ; mais, au fond de sa cervelle empanachée, une haine terrible est enracinée, et il pense comme le bon La Fontaine : « Notre ennemi, c'est notre maître. » Aussi, étant parvenu à briser la chaîne qui l'attachait au perchoir, il s'est précipité, ivre de liberté, à travers les salons et les serres, renversant dans son vol furibond tout ce qui se trouvait sur son passage. Les vases de prix tombaient éventrés, comme des soldats sous la mitraille, et les fleurs s'allongeaient sur les dalles, comme les épis sous la faux du moissonneur. Don Kacatoès, au milieu du champ de bataille, l'œil en feu et les plumes hérissées, trônait, huppe levée, sur un monceau de débris, quand apparut soudain, comme un grand spectre rouge.... Monseigneur !

Lui aussi avait les cheveux hérissés et les yeux hagards ; mais ce n'était pas de la colère. Il avait une canne ; il aurait pu frapper, et la canne lui tombait de la main.

Le pauvre homme était atterré :

« Malheureux ! qu'as-tu fait ? dit-il tristement. C'était bien la peine de te choyer comme je l'ai fait ! Je t'avais donné un perchoir neuf, en bois de fer

171

immangeable, avec des gobelets d'argent massif et un plateau de marbre. Je t'avais placé dans la serre, à une douce température, au milieu des fleurs ; tu avais de l'eau fraîche, des graines cuites au lait d'amandes, des noix, des grenades savoureuses, des oranges odorantes !...

« Et c'est comme cela que tu me récompenses de mes bontés ?... Va ! tu n'es qu'un ingrat !...

« Quand je pense que je m'apitoyais quelquefois de te voir attaché et que j'avais eu l'idée de te laisser en liberté !... Ah ! tu en fais un joli usage, de la liberté, misérable bandit !...

« Tu y gagneras une chaîne plus forte, et, relégué à l'office avec la valetaille, que tu méprises et qui te déteste, tu ne verras finir ton esclavage que lorsque ta bonne conduite aura racheté ta faute ; car ma foi chrétienne m'ordonne de laisser aux plus grands coupables l'espoir du pardon. »

Pendant ce discours, don Kacatoès braillait à outrance. Sa langue noire claquait comme des castagnettes dans son bec d'ardoise, et il disait :

« Que sont toutes les faveurs sans la liberté ? Je veux boire l'eau fraîche dans les sources des bois, et les oranges sont amères dans vos gobelets d'argent. Vos fleurs s'étiolent, enfermées dans ces tombeaux de porcelaine, et j'en connais de plus belles au pays où mes frères se perchent sur la cime des grands arbres. Si encore vous m'aviez laissé libre auprès de vous, j'y serais resté peut-être, et, reconnaissant de vos bienfaits, je vous aurais aimé. Essayez, il en est temps encore ; ne me rattachez

pas à ce perchoir, ne rivez pas à ma patte cette chaîne qui me met la haine au cœur.

« Monseigneur, par pitié, ne me faites pas esclave ! »

Don Kacatoès est-il sincère en parlant ainsi ?

Peut-être.

Mais, hélas ! Monseigneur ne comprend pas le langage perroquet, et Kacatoès n'entend pas un mot de la langue humaine.

Il en est souvent ainsi, malheureusement pour le bien de ce pauvre monde : le maître et l'esclave ne parlent jamais la même langue !

LIVRE SEPTIÈME

LES PETITES GENS

AU XVIIIᵉ SIÈCLE

LE PORTRAIT DU BOURGMESTRE

LA VENTE MOBILIÈRE

LA SOURICIÈRE

LE MATIN DE LA NOCE

LE BOUQUET DE FÊTE

LE NOUVEAU COMMIS

LE PORTRAIT DU BOURGMESTRE

Ce jour-là, M. Van Hope, devant poser pour son portrait, endossa le bel habit brodé qui venait de son père, ajusta sa grande perruque blonde à cœur frontal, triple marteau, boucles oreillères et queue frisée, engloutit ensuite force crêpes au jambon avec de la mélasse, ce qui était son plat favori, et se trouva de bonne humeur et de fort belle mine quand le peintre arriva.

On s'installa dans le jardin pour avoir plus d'air, car il faisait chaud ; un verre de bière gigantesque fut placé près du fauteuil pour humecter la digestion, quelquefois pénible, des crêpes, et, quand tout fut prêt, le bourgmestre, contemplant l'ébauche installée sur le chevalet, hasarda une observation.

« Ne craignez-vous pas, dit-il, que cette pose ne soit un peu prétentieuse ?

— Nullement, répliqua l'artiste, qui savait qu'il faut toujours flatter le modèle et que la vanité humaine n'a pas de bornes. Qui sait si ce portrait n'ira pas un jour dans une galerie royale ? Il faut que vous y soyez noblement représenté. »

En effet, le bourgmestre ne fit plus d'objection, et la séance commença. Au bout de cinq minutes, il dormait, affaissé sur son siège, les mains croisées sur le ventre, la tête baissée, la lèvre lippue ; et le peintre, qui avait sans doute à plaire encore à quelqu'un dans la maison, ne le réveilla pas.

Pour comprendre le songe qui se formait sous la perruque de Van Hope, il faut savoir que, comme tous les Hollandais de son époque, il avait, depuis l'enfance, la tête farcie des légendes des Indes orientales, le pays des fortunes insensées et des contes fantastiques.

Le rêve du bourgmestre commençait par une lettre qu'il recevait du gouverneur des Indes néerlandaises :

« Mon cher Van Hope, par un concours de circonstances inexpliquées, la reine de Sumatra est en possession de votre célèbre portrait, et elle manifeste le désir d'en voir le modèle à sa cour. Elle témoigne un intérêt prononcé pour vous jusqu'à me demander ce que vous mangez, si vous avez bon caractère et beaucoup d'autres détails intimes que je ne puis lui donner ; enfin, je crois qu'en vous rendant au désir de Sa Majesté, vous ne pourrez trouver à ce voyage qu'honneurs et profits. »

A cette lecture, le bon Van Hope rêvait qu'il restait stupéfait. La reine de Sumatra le demandait près d'elle.... sur la vue de son portrait.... Comme l'artiste avait eu raison de le vouloir peindre noble et galant !... Mais que voulait-elle de lui ?... Et il sentait, sous la perruque, comme le froid d'un cercle de métal.... La couronne ?... Oh ! non ! c'est impossible !... Cependant !... Et comme en rêve on va encore plus vite qu'en pensée, le voilà déjà arrivé à la cour de Sumatra. Au moment où il va être présenté à la reine par le gouverneur, quatre danseuses, avec la couleur et les gestes de bonshommes de pain d'épice, se placent à ses côtés ; deux d'entre elles soulèvent la queue de sa perruque, comme un manteau de cour, les deux autres les basques de son habit, et il comparaît devant le trône. Son portrait est exposé au pied des marches.

Il s'avance, aussi majestueux que possible, se prosterne et commence son compliment.

« Ciel ! s'écrie la reine bouleversée, il parle !... Ce n'est donc pas un singe !... »

Le bourgmestre, réveillé en sursaut, renverse le verre de bière ; il suffoque.

« Un singe !... un singe !... Ah ! quel cauchemar !... Je ne mangerai plus de crêpes au jambon avec de la mélasse ! »

LA VENTE MOBILIÈRE

Pensées intimes d'un greffier.

Décidément, il y a des jours où tout va de travers sur la terre.

Le pavé de cette cour est tout de guingois. Rien ne peut y tenir droit. Mon fauteuil est renversé en arrière, et je suis forcé de m'asseoir tout au bord.

Le bahut qui nous sert de bureau est trop haut ; j'en ai mal dans le dos de lever les bras, et, comme il penche, j'écris tout en biais. Et puis, il est mal calé ; chaque fois que M. le commissaire tape avec son marteau, ça me fait faire un soubresaut.

Sans compter qu'on étouffe dans cette fosse ! Le soleil tourne autour, mais il ne s'en va pas.... J'ai une soif !

Et cet imbécile d'aubergiste, qui m'a donné à emporter une bouteille d'eau-de-vie

178

au lieu de vin ! Ça me met le feu dans le corps. Je suis cependant près d'un abreuvoir ; mais — ô ironie du sort ! — il est actuellement plein de livres et de vieux habits.

(Il fait tomber sa plume, et, en se baissant pour la ramasser, il boit un coup derrière le bahut.)

Et encore, il faut se cacher ! Pensez donc ! l'employé d'un officier ministériel, que l'on verrait se désaltérer, dans l'exercice de ses fonctions ! quelle infamie !

O société hypocrite, voilà ce qu'on appelle l'homme libre !

J'ai beau mettre, depuis deux ans, en tête de ma procédure : « Au nom de la République », je n'en suis pas plus heureux pour cela. J'en ai assez, de ce gouvernement-là, et de mon sale métier aussi !

Toujours vendre pour les autres ! Et quelle marchandise !

On nomme ça des vêtements, des meubles, de la vaisselle, des ustensiles.

Allons donc ! Des haillons, des chiffons, des loques, de vieilles carcasses vermoulues, des tessons, de la ferraille, des détritus sans nom !

Autant se faire marchand de bric-à-brac, chiffonnier ! Au moins, les bénéfices sont pour votre compte !

Si encore on vendait les mobiliers dans l'état de propreté relative où les tenaient leurs propriétaires ! Mais non ! Que ce soit après décès, par suite de liquidation ou à la requête des créanciers, il faut les laisser sous scellés pendant des mois, et, quand la vente a lieu enfin, tout est rempli de vermine et couvert de poussière.

Oh ! la loi, les ordonnances, la magistrature ! Chicane et paperasserie ! Des institutions, possible ! mais de la justice, jamais !

Et le public ? Ah ! parlons-en, du public !

Des flâneurs, qui se bousculent à la porte et se gourment pour occuper les sièges, quand il y en a ! Ils encombrent les approches du bureau ; on croirait qu'ils vont tout avaler, et, à peine assis, ils se mettent à pioncer.

Des revendeurs : une association de filous qui s'entendent comme larrons en foire pour faire tomber les prix et avoir tout pour rien !

Des amateurs : oh ! ceux-là, c'est la peste ! Ils se précipitent, tous à la fois, sur les objets, se les passent de main en main, ébrèchent, arrachent, décollent, dénigrent tout à haute voix et n'achètent jamais rien !

Tout ce monde, grouillant, gesticulant, braillant, fait un tapage assourdissant, qui force le crieur à hurler ses enchères.

179

De tout ça se dégage une odeur nauséabonde et se soulève une poussière qui sèche le gosier.

(La plume tombe de nouveau, ce qui sert de prétexte à une nouvelle lichade. Le niveau de l'eau-de-vie baisse sensiblement dans la bouteille.)

Comme il serait bon, au lieu d'être ici à étouffer, d'aller flâner sous les quinconces, voir Bobèche et Galimafré avec sa plume de paon sur le nez, et ensuite de pêcher sur le bord de la rivière, à une petite place que je sais, à l'ombre fraîche des arbres touffus où m'attend mon ami le garde-française! On se couche sur un moelleux tapis de mousse et de gazon, à portée de sa ligne, et l'on somnole.... enivré par les douces senteurs des bois.... de la vio-

lette et des fraises.... *(Il s'endort peu à peu.)* bercé par le chant de la brise dans les grands peupliers!

(Un violent coup de marteau fait vaciller le bahut. Il se réveille en sursaut.)

Allons, bon ! un énorme pâté d'encre sur mon procès-verbal !

(Il le lèche et se retourne pour cracher, ce qui est encore l'occasion d'une rasade.)

Ah ! ah ! on met en vente le portrait de la défunte ! Tous les maris malheureux devraient se disputer ce cadre-là : ça les consolerait, de penser qu'ils ne sont pas les seuls !... Elle peut se vanter d'avoir eu une existence... celle-là ! Et coquette, avec ça ! En a-t-elle laissé, des robes à falbalas et des camisoles à fleurs, en satin broché ! Et gourmande ! Il en a passé, des bonnes ratatouilles dans cette soupière-là, et du bon vin dans les pots ! Et fainéante donc ! et voluptueuse ! Elle se mettait de la pommade sur les mains et faisait bassiner son lit avant de se coucher !... C'est égal ! son époux était un peu myope, pour un farouche contrebandier ! Car, on peut bien le dire, à présent qu'il n'est plus, il y a là, le long du mur, un petit tromblon dont la gueule a vu plus d'un douanier de près. Tiens ! il est appuyé sur la bassinoire, le petit tromblon ! C'est le ménage complet ! On dirait qu'ils valsent ensemble !... Pour sûr, ils tournent !... Le public aussi !... on ne voit plus que des dos !... C'est donc fini, la vente ?... Mais oui !... M. le commissaire s'en va. On dirait qu'il marche un peu de travers.... Il a peut-être reçu un coup de soleil !

(Le greffier se lève et gagne la porte en chancelant. Sur la route, il trébuche et se retient à un arbre, qu'il enlace de ses bras.)

Ah ! bien, en voilà un, par exemple, qui peut bien dire que, sans moi, il se flanquait par terre !

(Il reprend sa marche en titubant.)

C'est égal, pourquoi a-t-on refait le chemin en zigzag ?... Ils sont donc tous pochards, dans la mu...mu...e...muci...palité ?...

Décidément, aujourd'hui, tout va de travers sur la terre !

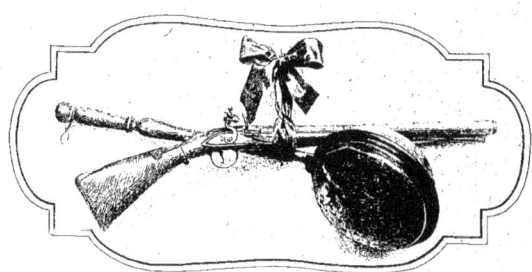

182

LA SOURICIÈRE

Samuel-Isaac Môsen, ostensiblement fripier de son état, tenait boutique encombrée de défroques ayant appartenu à toute la haute aristocratie. Cet habit galonné d'or avait recouvert autrefois les épaules du grand-duc lui-même ; ce gilet brodé, la poitrine du gouverneur ; cette culotte de velours avait renfermé.... Ne précisons pas. Bref, ce cimetière des garde-robes contenait les dépouilles des plus grands personnages de la ville et des environs. Mais, dans un des coins les plus obscurs du capharnaüm, il existait un coffre-fort où toute la noblesse était encore mieux représentée, par des billets souscrits au nom de Môsen ; car, comme on le disait en catimini, ce n'était pas sur l'usure des habits que se fondaient ses plus grands bénéfices.... Quoiqu'il fût avare, Isaac faisait, pour ce genre de commerce, des frais importants. Toutes les reconnaissances étaient écrites sur le plus beau parchemin, indéchirable, inusable, et, autant les habits du fripier étaient entassés pêle-mêle, autant les parchemins étaient classés, étiquetés et rangés dans le coffre de fer.

Or, il arriva, la guerre étant déclarée, que la cité qu'habitait Môsen fut assiégée, et les habitants bientôt réduits aux horreurs de la famine. Quand le boulanger, voisin du fripier, n'eut plus de farine, les souris qui vivaient plantureusement dans son fournil déguerpirent et se répandirent un peu partout. Le taudis d'Isaac en fut infesté. Les petits rongeurs affamés se mirent alors à broder à leur façon, c'est-à-dire à jour, les beaux habits de drap et à faire avec les bottes des souliers découverts. Pour comble de méfaits, ils attaquèrent un fromage de gruyère, seule provision du pauvre fripier. Isaac, voyant sa ruine prochaine, se mit en devoir de lutter avec les envahisseurs. Il recueillit un énorme chat poursuivi par un marmiton, et le nouveau venu fit merveille, d'autant mieux qu'Isaac ne lui donnait rien autre à manger que les produits de sa chasse.

Un jour, une souris, cherchant à grignoter la petite ration de cheval qui baignait dans une marmite, se noya. Isaac, ignorant l'accident, mit sa soupe au feu ; et, le soir, il trouva, au bout de sa fourchette, la petite imprudente cuite à point. L'occasion fit qu'il en goûta, et le mets nouveau lui sembla de fort bonne appétence. Il termina son repas par un petit morceau de fromage dont il avait encore une réserve, enfermée dans un vieux chaudron de fer inexpugnable. Alors, comme chez lui tout était matière à calcul, il prit une plume, et, tout en digérant, il arriva à ce résultat : une souris représentant en moyenne vingt-cinq à trente grammes de substance nutritive, si avec un demi-gramme de fromage on pouvait prendre une souris, cela ferait un avantage plus magnifique qu'aucun négoce ne lui en avait rapporté jusqu'alors. Il supprima donc le fromage de ses menus et se mit incontinent à préparer force souricières.

Le chat, devenant gênant pour ce nouveau genre d'affaires, fut gibelotté ; et, ce jour-là, le fripier, ayant gaiement dîné de son ancien associé, commença ses nouvelles opérations au nom seul et au seul profit de Samuel-Isaac Môsen.

Les souris, attirées par l'odeur du fromage qui, comprenant l'importance de sa nouvelle fonction, puait de plus en plus, et n'étant plus chassées par celle du félin, affluaient de plus belle. Môsen n'était occupé qu'à tendre, vider et retendre ses souricières, sans laisser à ses victimes le loisir de dévorer leur appât.

Avec ce système, Môsen put attendre la fin des hostilités sans trop souffrir de la famine générale, et, quand la paix eut rendu à la ville sa prospérité accoutumée, il se trouva gaillard et dispos pour reprendre son ancien commerce.

Ses débiteurs étant presque tous rentrés et le terme étant venu de certaines échéances, il se mit en devoir d'ouvrir le coffre aux parchemins. Oh ! stupéfaction ! ceux-ci étaient dévastés, anéantis ; il n'en restait que des petits tas de rognures. L'humidité, rongeant de rouille un des coins du coffre, avait permis aux souris de se faire un passage jusqu'à l'intérieur ; de sorte que, oh ! suprême justice ! celles-là mêmes dont il faisait sa proie avaient dévoré son trésor !

Il aurait pu, il aurait dû se taire, dans son intérêt même ; mais l'indignation, la colère, le désespoir le rendirent fou. Il raconta son malheur à grands cris, et les débiteurs, sachant les preuves de leurs créances détruites, en profitèrent pour ne payer que ce qu'ils voulurent, c'est-à-dire fort peu.

Et Môsen, déconfit, appauvri, devint plus maigre que pendant le siège.

Comme autrefois les galopins poursuivaient le Dante en criant : « Voilà celui qui revient de l'Enfer ! », ses petits concitoyens, le montrant du doigt, disaient (ce qui pour un avare est le comble de la honte) : « Voilà celui qui a mangé sa fortune ! »

LE MATIN DE LA NOCE

Pour un pauvre et simple ouvrier
Tonnelier,
Qui tous les jours met sa cravate
En licou,
C'est une chose délicate,
Au lieu d'un nœud, de faire un chou,
Qu'il ne faut pas surtout qu'on rate !
Se marîrait-on comme un fou,
Corde au cou ?
On sera beau, oui, l'on s'en flatte,
Quoique pauvre et simple ouvrier
Tonnelier !

185

LE BOUQUET DE FÊTE

Jean-Baptiste qui, en bon jardinier, avait coutume de s'arroser d'abord lui-même, s'en fut au cabaret, prendre le coup du matin, selon son habitude journalière.

Si le vin finit par obscurcir les idées, il est quelquefois vrai qu'il commence par les éveiller. Or, c'était pour Jean-Baptiste l'occasion d'en renouveler l'expérience ; car, en ce jour mémorable, il avait à confectionner un bouquet qui devait figurer sur la table d'honneur pour la fête de Son Altesse la grande-duchesse.

Quand Jean-Baptiste eut donc copieusement réveillé son génie, il se rendit au jardin pour choisir ses fleurs, parmi les plus belles. Lorsqu'il en eut cueilli deux pleins paniers, il se mit en mesure de commencer son chef-d'œuvre. L'ouvrage avançait sous ses doigts habiles.

Ce fut d'abord une forme de vase surmonté d'un gros massif, et tout en haut un plus petit, qui prit bientôt la forme d'un cœur admirablement fait, tout en fleurs rouges.

En travaillant, Jean-Baptiste songeait, et il avait des petits sourires, comme s'il approuvait mentalement quelqu'un qui lui eût parlé.

C'est qu'en effet, il y avait grande conversation dans sa cervelle. Toutes les fois, du reste, qu'il avait la tête un peu échauffée, il se parlait à lui-même.

Or, ce jour-là, notre artiste, ayant peut-être bu plus que de coutume, était resté longtemps au soleil pour couper ses fleurs ; et puis, la flamme du génie, le feu de la composition.... On pense si ça devait chauffer sous son crâne et si Jean-Baptiste profitait de l'occasion pour bavarder avec Jean-Baptiste !

« Ah ! se disait-il, pour faire de l'effet, voilà un bouquet qui fera de l'effet ! Mais

fera-t-il tout l'effet que tu voudrais, mon garçon ? Voilà la question. Son Altesse pensera-t-elle à celui qui l'a fait ?

— Pourquoi pas ? Elle te connaît et t'a souvent vu dans le jardin, quand elle y vient arroser ses fleurs favorites. Un jour même, ne t'a-t-elle pas parlé ?

— Oui, c'est vrai ; elle m'a dit : « Retire donc ta brouette, grand nigaud ! »

— C'est un mot d'amitié, cela ! D'ailleurs, elle a ton portrait sous les yeux tous les jours.

— C'est encore vrai, au fait, puisque j'ai posé la tête de César dans le tableau que le peintre de Son Altesse a fait pour sa galerie particulière. C'est vrai qu'elle me voit tout le temps en tête de César. C'est ça qui est flatteur !

— A propos, Jean-Baptiste, et cette bohémienne qui t'avait prédit que tu serais un jour comme qui dirait roi ? C'est peut-être cela qu'elle voulait dire ?... à moins que....

— A moins que quoi ? Est-ce que ça serait possible ? Est-ce que Son Altesse pourrait songer....

— On a bien vu des rois épouser des bergères !

— Oui, mais on n'a pas encore vu des grandes-duchesses épouser des jardiniers.

— Dame ! faut bien que ça soit une fois, la première fois.

— Tout ça, vois-tu, mon ami, c'est trop se pousser à l'orgueil.

— On peut bien supposer, voyons. Son Altesse, par raison d'État, est-elle forcée de se remarier, aussitôt son deuil terminé, oui ou non ?

— Oui, l'empereur la force à ça.

— Bien. A-t-elle dit à qui voulait l'entendre qu'elle aimerait mieux épouser le dernier de ses sujets plutôt que d'accorder sa main à un prince étranger ?

— Oui, elle a dit ça.

— De plus, c'est une femme sérieuse, qui sait bien qu'à son âge ce serait ridicule de prendre un godelureau.

— Sûrement !

— Eh bien, alors, pourquoi ne te choisirait-elle pas aussi bien qu'un autre ? D'autant plus, qu'à en croire M. le curé, comme il raconte l'histoire de ton saint patron, tu ne serais pas le premier Jean-Baptiste qu'une grande dame aurait reluqué. Tu lui fais bien l'honneur de la trouver encore belle, toi !...

— Oh ! oui !... bien belle ! »

188

Pendant quelque temps, l'amoureux platonique cessa de se parler. Rêvant à la
duchesse, il la revoyait telle qu'il l'avait
aperçue de loin dans les fêtes, majestueuse avec son manteau à queue et la
couronne sur la tête. Enfin, il laissa
échapper un profond soupir, et la conversation recommença. « Ce qu'il faudrait,
vois-tu, mon pauvre Jean-Baptiste, c'est
qu'elle pût entendre un soupir comme
celui-là. Il faudrait que ce bouquet lui en
racontât plus long que ceux qu'on lui envoie tous les jours. Il faudrait que ces
fleurs pussent lui dire ce que contient ce
cœur fait pour elle. Voyons ! du courage !
la fortune sourit aux audacieux. Il faut
qu'elle soit forcée de comprendre. »

Depuis quelques instants, les ciseaux du jardinier taillaient une tige en forme
de flèche. Alors Jean-Baptiste, l'œil fixe, étincelant, illuminé d'une ardeur divine,
prit cette flèche et, d'un geste décidé, l'enfonça dans le cœur, qui fut transpercé de
part en part. Soudain, sa vue s'obscurcit, ses jambes plièrent, et, tout le corps brisé
par l'effort d'une émotion trop grande, il sentit qu'un lourd sommeil l'envahissait, et
il s'en fut dormir. Il eut des songes.... trône, pourpre, diadème, festin, lit nuptial,
couronne de roses.... Quand, éveillé fort tard le lendemain, il descendit au jardin,
il trouva, sur le fumier le bouquet fané, avec encore son cœur percé de sa flèche.

Son Altesse la grande-duchesse n'avait pas compris !

LE NOUVEAU COMMIS

PANTOMIME EN UN ACTE

PERSONNAGES

LE PATRON.	LE COMMIS.
LA PATRONNE.	LA PIE (personnage bavard).

Lorsqu'on monte des tableaux vivants sur un théâtre, on se donne la peine d'équiper un décor et de faire des costumes, comme pour une comédie. C'est un spectacle d'autant plus dispendieux qu'il ne peut durer plus de deux ou trois minutes sans fatiguer les acteurs et le public.

Tandis que si, au lever du rideau, les personnages, au lieu d'apparaître groupés et immobiles, jouaient d'abord une ou deux scènes de pantomime, préparant et expliquant le sujet que l'on va voir, la représentation augmenterait d'importance et d'intérêt, sans occasionner plus de frais.

Le tableau vivant final, ainsi amené par l'action, ne semblerait que plus naturel.

Ce serait la situation principale que l'on fixerait pendant quelques instants devant les yeux du spectateur, comme un résumé des scènes que l'on aurait représentées.

Voici le spécimen de ce que pourrait être ce genre nouveau.

Le théâtre représente l'arrière-boutique d'un épicier-droguiste.

Au fond, un fourneau de briques avec moufle en terre réfractaire ; le tout surmonté d'une hotte. A côté, une étagère.

A gauche, un buffet vitré rempli de vaisselle en faïence décorée. A droite, une porte.

Au premier plan, une table de chêne à pieds cannelés, recouverte d'une nappe à dessins bleus. Le couvert est mis.

Tout proche la table, un petit guéridon à double étage porte le pain, des assiettes de rechange, le pichet, l'huilier et la salade rehaussée de fleurs de capucines aux brillantes couleurs.

Sur le sol carrelé, un encadrement de pierre entoure la trappe qui recouvre l'escalier de la cave.

Sur toutes les tablettes, les dessus de meubles, les corniches, le long des murs et dans le fond de la cheminée, partout où l'on peut amonceler tout ce qui est embarrassant, partout où l'on peut poser ou suspendre quelque chose, c'est un encombrement d'objets hétéroclites : bocaux, urnes, pots, bouteilles, lanternes, matras, boîtes, cornues, entonnoirs, mortiers, bonbonnes, oiseaux empaillés, écuelles, oignons, racines, feuilles et fleurs séchées, graines en paquets, en guirlandes, en bottes, en bouquets.

Dans la pénombre discrète d'un coin du mur, un basson, et enfin l'ustensile professionnel : la boîte du botaniste, en ferblanc peint en vert clair, de ce vert qu'ignore la nature et qui ferait grincer même les râteliers dans la vitrine d'un dentiste.

Au lever du rideau, la scène est vide. Entrent le patron et la patronne, suivis d'une pie qui sautille autour d'eux.

Le patron est de taille moyenne, trapu et d'aspect un peu vieillot ; grand habit de drap lie de vin à boutons de métal, tablier de toile bleue à bavette, bas de laine gris, souliers forts à larges boucles.

191

La tête, à la fois bonnasse et rébarbative, est enfoncée jusqu'aux oreilles dans un bonnet de velours verdâtre à fond immense, enroulé sur lui-même, qui rappelle à la

fois le casque à mèche, le bonnet phrygien et le bonnet vert des forçats à perpétuité. L'art de la pantomime, qui est l'art symbolique par excellence, emploie des accessoires suggestifs destinés à conduire l'esprit du spectateur vers les idées qu'on ne peut lui exprimer. Ainsi, dans la pensée de l'auteur, ce bonnet énigmatique excitera la curiosité ; on se demandera ce qu'il peut cacher, si c'est un emblème, un attribut, un insigne. L'on arrivera à deviner, au moins, que celui qui le porte doit être chauve, prétentieux, mollasse, sans caractère défini, et cependant irascible, car il a la tête près du bonnet.

Tout cela est sans doute un peu... bien subtil, et c'est peut-être toute autre chose que le public y verra ; mais il serait inutile d'y contredire, les illusions d'auteur sont indestructibles.

La patronne est encore jeune, s'il est vrai que l'on n'a que l'âge que l'on paraît. Alerte, accorte, grassouillette, elle a des cheveux noirs bien coiffés, l'œil vif, le teint frais, l'oreille rose, et porte avec allure sa toilette de bourgeoise : robe claire et tablier de soie gorge de pigeon, avec des roses à son corsage. A ses pieds, petits et cambrés, des mules de cuir fin à hauts talons, et, sur le sommet de la tête,

un petit édifice de tulle, rubans et dentelles, à double rang de ruche : un petit chef-d'œuvre de tuyautages et de plissés, très compliqué, il est vrai, mais qui dit bien franchement ce qu'il veut dire. La patronne est coquette et ne s'en cache point.

La pie, qui joue un rôle important, porte le costume de son espèce et n'a rien d'extraordinaire physiquement ; mais on a dû faire pour elle une infraction à la règle principale de la pantomime. Elle ne sera pas muette comme les autres personnages, parce que, s'il est facile d'apprendre à parler à ces sortes d'oiseaux, il est, par contre, absolument impossible de les empêcher de bavarder alors qu'ils l'ont appris. C'est encore pire que des avocats.

En entrant en scène, le droguiste exprime qu'il est épuisé de fatigue, étant obligé de tout faire lui-même. Il fait les gestes de broyer, piler, fendre du bois, porter des seaux d'eau, balayer, etc., et il tombe, harassé, sur sa chaise.

La pie : « C'est bien fait ! c'est bien fait ! fallait pas renvoyer Petit Pierre ! »

Le patron se lève furieux et poursuit la pie ; mais sa femme s'interpose, et elle envoie des baisers à l'oiseau, qui appelle d'une voix câline : « Petit Pierre ! Petit Pierre ! »

La jolie patronne, un instant rêveuse à ce souvenir de l'absent, fait son portrait (ce qui est l'enfance de l'art de la pantomime) : grand, bien fait, d'agréable visage, solide. Puis, cueillant sur la salade une capucine, elle fait le geste de l'offrir, ce qui veut dire qu'il était galant.

Le mari riposte par un second portrait : gourmand, ivrogne, paresseux, voleur. Et, lançant dans le vide un grand coup de pied au fantôme invisible de Petit Pierre, il le chasse d'un geste irrité. Après quoi, il se retourne vers sa femme, les bras croisés ; mais celle-ci, sans se laisser intimider, lui retourne ses premiers gestes :

« Va, mon bonhomme ! puisque tu n'as plus d'aide, pile, broie, fends, balaye !

— Pas pour longtemps ! » reprend le patron en touchant son front du doigt.

Il paraît qu'il a eu une idée : il a écrit pour avoir un autre garçon et il l'attend aujourd'hui même. Il consulte sa montre, et, constatant que l'heure du dîner est déjà passée, il s'assied en maugréant. Sa femme se place en face de lui.

A ce moment, on frappe à la porte, et la pie crie : « Entrez ! »

Le nouveau commis apparaît ; il salue gauchement, embarrassé de son bagage et de son énorme chapeau. Il remet une lettre au droguiste. Celui-ci brise le cachet, met ses besicles et lit attentivement.

Pendant ce temps, le jeune adolescent, guindé dans ses habits de fête, reste debout, les yeux timidement baissés, les joues rouges ; il ose à peine respirer, et l'oppressement qu'il se donne se traduit par de gros soupirs périodiques qui soulèvent les revers découpés de son gilet jaune serin et de son habit purée de pois. Il manipule son grand chapeau devant lui avec des tâtonnements d'aveugle.

La pie tourne autour du nouveau venu et semble surtout intéressée par le paquet déposé à ses pieds.

Il y a là deux gros souliers qui présentent leurs semelles neuves garnies de

193

clous luisants qui sans doute l'hypnotisent et qu'elle becquète avec une frénétique obstination.

Le patron a fini de lire ; il regarde le nouveau commis sournoisement par-dessus ses lunettes, cherchant à juger, d'un coup d'œil, s'il tiendra tout ce qu'on en promet dans la missive.

La patronne regarde aussi, à un autre point de vue peut-être ; en tout cas, elle compare certainement l'ancien et le nouveau, et, ma foi, la comparaison n'est pas au détriment de ce dernier.

La pie crie à tue-tête son refrain favori : « C'est bien fait ! c'est bien fait ! fallait pas renvoyer Petit Pierre ! »

Alors, comme si un photographe invisible avait proféré le traditionnel « Ne bougeons plus ! », les personnages restent figés dans leur attitude, conservant leur expression dernière, et tout devient instantanément immobile.

TABLEAU !

LIVRE HUITIÈME

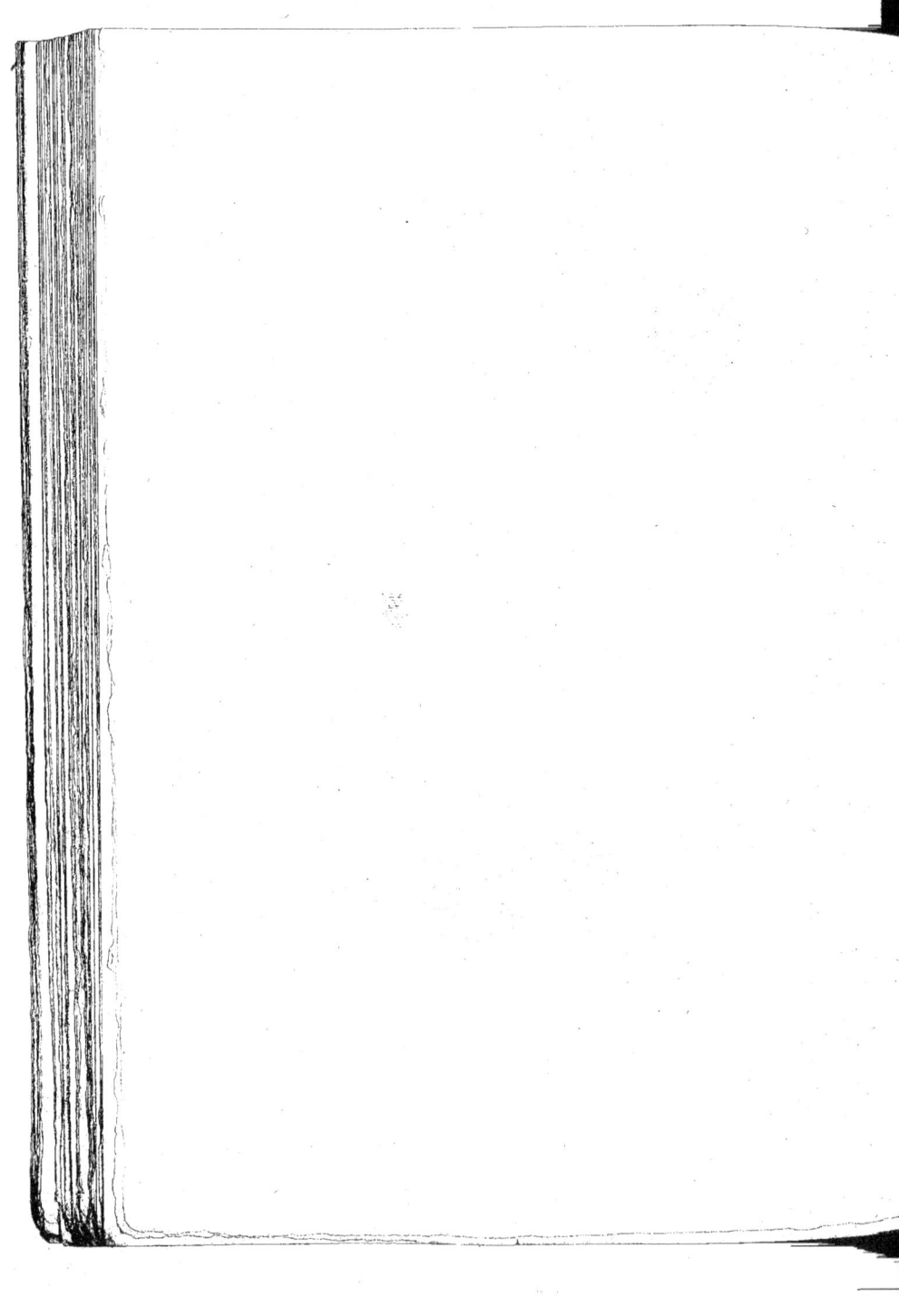

LES PRÉLATS

A TRAVERS LE MONDE

DEVANT LA BELLE NATURE

SURPRIS PAR LA MARÉE

MOMENT CRITIQUE

IMPRESSIONS DE VOYAGE

LE DÉPART

DEVANT LA BELLE NATURE

ECI est le commencement d'une lettre que Son Éminence le cardinal X***, évêque *in partibus infidelium*, a laissée inachevée sur la table de sa chambre, dans le château de Kermämgoz en Trégastel, où il est en villégiature.

« Cher ami,

« Me voici au fond de la Bretagne, tout au bout de la terre de France. Devant moi s'étend un chaos de rochers bouleversés qui font penser à la colère de Dieu ; mais le soleil fait ces granits si roses et la mer est si bleue, qu'on pense alors que Dieu a pardonné.

« C'est du haut d'une terrasse dont les flots viennent lécher la base que je contemple ce spectacle magnifique.

« Des capucines et des pois de senteur, enroulés aux piliers de la balustrade, ondulent au souffle léger de la brise, en faisant chatoyer leurs brillantes couleurs, et semblent regarder curieusement cette immensité qu'ils n'ont jamais vue ailleurs.

« En rade se balance un charmant bateau de plaisance que mon aimable hôte a mis à ma disposition, supposant mon goût pour les excursions, en ma qualité d'évêque asiatique.

« Voilà le milieu où je vis, et, vraiment, crois-tu qu'il en soit un meilleur pour mettre la dernière main à mon grand ouvrage théologique ?

« J'ai apporté dans mes malles tous les pères de l'Église, un monceau d'in-folio, et c'est là, devant la belle nature, que je veux écrire ma dernière page.... »

Cette lettre est bien la vérité ; mais elle n'est pas toute la vérité, et, si le diable, qui voit tout, était méchant, il pourrait écrire, à la suite, que le soleil qui rend les granits si roses abîme aussi le teint des prélats, que la mer trop bleue fatigue les yeux par sa réverbération, que l'on peut être évêque en Asie sans avoir quitté sa chambre, que les in-folio sont bien lourds à transporter sur la terrasse, et qu'il est des livres plus faciles à lire au bord de la mer, qui sont peut-être aussi plus amusants.

Eh bien, le diable aurait tort dans ses indiscrétions, car on peut écrire, sans mentir, qu'on est devant la belle nature, même derrière une ombrelle et en lui tournant le dos ; ça dépend de ce qu'on lit.

199

SURPRIS PAR LA MARÉE

Le 15 juillet, on lisait, dans la *Gazette religieuse*, l'émouvant récit que voici :

« On nous écrit de *** :

« Hier, un accident, qui heureusement n'aura pas de suites fâcheuses, nous l'espérons, a failli coûter la vie au cardinal de X..., qui honore en ce moment notre pays de sa présence et s'y repose des fatigues occasionnées par le grand ouvrage qu'il vient de terminer : *le Déluge et l'Église*.

« Guidé par un sentiment que tous les bons esprits comprendront, Monseigneur, désirant fuir le tumulte de la Fête nationale, sans cependant avoir l'air de protester en restant chez lui, avait seulement abandonné la place qu'il occupe tous les jours près de la promenade des baigneurs et fait transporter son installation sur une petite plage solitaire, au milieu des rochers.

« Il s'y rendit aussitôt après le déjeuner, accompagné de l'abbé Bazile, le fidèle secrétaire qui ne le quitte jamais, et d'un valet de pied sur le bras duquel il s'appuie pour marcher, s'étant dernièrement foulé le pied dans une promenade.

« L'abbé orienta le grand fauteuil d'osier, en forme de guérite, face à la mer, assez loin du flot cependant, car la marée allait bientôt monter. Hélas ! pas du côté qu'il avait pensé ! Mais n'anticipons pas, et laissons raconter les événements à l'abbé lui-même, qui nous en a fait le récit palpitant, sous l'empire de l'émotion, quelques heures après la catastrophe :

« Quand je vis, nous dit-il, Monseigneur confortablement organisé, bien assis, à
« l'abri du vent, la jambe étendue sur un pliant, et plongé dans sa lecture, je
« m'éloignai, par discrétion, avec le valet de pied.

« Certes, j'aurais dû rester à courte distance ; en tout cas, ne pas perdre mon
« maître de vue. Mais, si je suis coupable de négligence, il y a eu aussi une suite
« de circonstances d'une terrible fatalité. D'abord, ce valet eut la malheureuse idée de
« faire des ricochets, en lançant des coquilles sur l'eau, et moi, j'eus la stupidité de
« prendre intérêt à son jeu, ce qui, en excitant sa vanité, prolongea cet exercice
« outre mesure, si bien que j'en perdis la notion du temps.

« Nous nous étions insensiblement éloignés, quand, soudain, je crus entendre des
« cris ; je me retournai. On ne voyait plus Monseigneur ; des rochers le dérobaient
« sans doute à nos regards. Cependant, je reconnus sa voix, qui lançait des appels
« désespérés ; mais il était malheureusement difficile de préciser la direction d'où
« elle venait, le vent ne portant pas de notre côté.

« Nous perdîmes ainsi quelque temps en recherches infructueuses, quand enfin
« nous l'aperçûmes.

« Il était debout, appuyé sur sa canne, les pieds dans l'eau, complètement en-
« touré par les flots qui montaient en bouillonnant. Affolé de terreur, il tournoyait
« autour du fauteuil renversé, sans avoir cherché à fuir. Son chapeau voguait, entraîné
« par le courant.

« Nous nous précipitâmes à son secours....

« Par quel miracle fut-il sauvé ? Dieu seul le sait ! Mais, enfin, nous l'avons ramené,
« à moitié évanoui, dans son appartement. Maintenant, il repose. »

« Brave abbé ! Dès le lendemain matin, à marée basse, il est retourné à l'endroit

201

du naufrage, où il explique à un nombreux auditoire toutes les péripéties du drame dont il fut le si héroïque et si modeste acteur.

« Le fauteuil d'osier, ballotté par les vagues durant toute la nuit et brisé contre les rochers, a été retrouvé à demi enfoui dans le sable. Les visiteurs arrachent les franges qui pendent en loques à la carcasse de cette épave ; on les coupe en petits morceaux, et l'on se partage ces souvenirs, véritables reliques qui diront plus tard le miracle des grèves de ***. »

Le 16 juillet, on lisait, dans la même *Gazette religieuse,* la rectification suivante :

« Son Éminence le cardinal de X... remercie toutes les personnes qui, à la nouvelle de l'accident que nous avons raconté, lui ont envoyé des télégrammes, et, pour calmer leurs inquiétudes, s'empresse de rétablir la vérité, que le zèle exagéré et par trop fantaisiste de M. l'abbé Bazile a complètement dénaturée.

« Monseigneur, surpris pendant sa lecture, par un de ces petits ruisseaux que refoule la marée montante, a eu les pieds mouillés et s'est trouvé dans la nécessité de faire quelques pas avec le seul secours de sa canne. Si ce ne fut sans souffrances, au moins ce fut-il sans danger.

« En tout cas, Son Éminence n'avait perdu ni son sang-froid, ni même son chapeau, car un pêcheur l'a rapporté quelque temps après. »

Devant ces deux versions, si différentes, où l'historien impartial prendra-t-il la vérité ? Entre les deux, sans doute, et il écrira que Monseigneur, surpris par la marée, n'a pas couru grands risques, mais qu'il a eu grand'peur.

202

MOMENT CRITIQUE

L'ami Lambert, que le lecteur connaît déjà, faisait des études chez le richissime cardinal de X***. Il s'était improvisé un petit atelier dans une des galeries de ce palais magnifique, un des plus beaux spécimens d'architecture de la Renaissance qui se puisse voir en Espagne, une véritable mine d'or pour un peintre.

Lambert avait derrière lui une porte fermée donnant sur la cour principale, généralement déserte, et jouissait, dans ce coin solitaire, d'un silence religieux, coupé de temps à autre par quelques bruits qui n'avaient rien de troublant pour lui, car il en connaissait les causes journalières. C'étaient le tintement du seau de cuivre sur la margelle du puits quand le vieux jardinier venait puiser de l'eau, le tapotement des galoches de la servante sur les marches du grand escalier de pierre, parfois le pas léger et le froufrou de soie de la nièce de Monseigneur qui passait, le roucoulement des pigeons sur les toits ; puis, pendant des heures, plus rien. Le propriétaire étant en voyage, il n'y avait pas grande animation dans la vaste demeure. Mais voilà qu'un jour on entend une rumeur inusitée ; la grande porte roule en grinçant sur ses gonds rouillés, des sabots de cheval écrasent le sable, et des pas nombreux vont et viennent, parmi lesquels on distingue le claquement des galoches et le son mat, étouffé, des espadrilles du jardinier. Plusieurs voix parlent à la fois, empressées, dont une grosse, essoufflée. « Prenez garde, Maria !... Tiens bien !... Attention !... — Appuyez sur mon dos !... Soyez sans crainte !... laissez-vous aller !... — Donnez votre pied.... là ! — La chaise ! la chaise !... Oui, oui !... Maria, tu la tiens ?... » Et c'étaient des piétinements de portefaix portant un lourd fardeau, de petits éclats de rire féminins, et la grosse voix soufflant, émotionnée, disant des mots entrecoupés : « Ah ! mes enfants !... Tiens bien !... Oh ! la la !... Bazile, à moi !... »

Qu'était-ce donc que cet envahissement, ces clameurs, tout ce remue-ménage insolite ? Un déballage de contrebandiers ? une descente de police ?... Ma foi, la curiosité le poussant et la prudence le retenant, Lambert, n'osant pas ouvrir sa porte, eut recours au moyen traditionnel : il regarda par le trou de la serrure.... Tableau !

C'était une perle que le hasard faisait passer par ce trou de serrure. Si elle a perdu de sa valeur, c'est la faute de l'ouvrier à qui elle fut confiée.

IMPRESSIONS DE VOYAGE

Le train s'arrêta subitement en plein tunnel ; des lanternes se promenaient dans la nuit noire, on entendait des voix. Peu à peu, les portières s'ouvrirent. Tout le monde, étant descendu à tâtons, s'agitait dans l'obscurité, au milieu d'une buée chaude faite de vapeur et de fumée. Cependant, le chef de train, qui avait attiré un groupe autour de son falot, expliquait qu'un éboulement de la montagne obstruait la voie en avant du tunnel et que, des glissements venant de se produire en arrière, on ne pouvait retourner, les trépidations de la machine pouvant déterminer une catastrophe. On était bloqué. Il n'y avait aucun danger. Un employé, déjà parti, allait prévenir à la gare, encore voisine ; mais on ne pourrait rien faire avant le jour. MM. les voyageurs pouvaient rester dans leurs wagons ou bien regagner la gare à pied par la campagne.

Quelques-uns, encore mal réveillés, ou plus philosophes, se réinstallèrent dans leurs compartiments ; les autres, formés en troupe, sortirent du tunnel avec précaution, à travers les blocs de terre et de rochers amoncelés, et descendirent le talus par un petit sentier, non sans éprouver une certaine crainte à la vue de tout ce bouleversement sinistre et plein d'ombre, aux dernières lueurs du crépuscule.

Quand on fut un peu loin du désastre, on commença à parler à voix basse.

« Ma foi, dit un des émigrants, auquel son chapeau démesuré faisait la silhouette reconnaissable d'un prêtre espagnol, malgré les nombreux paquets dont il était chargé, je félicite Monseigneur d'avoir pris le parti de nous en aller ; si de nouveaux éboulements venaient à obstruer complètement le tunnel, on serait pris là dedans comme des rats au piège.

— C'est peu probable, répondit le personnage à qui l'on parlait ; mais ceux qui sont restés seront obligés de faire comme nous demain, avec douze heures de retard de plus ; c'est pourquoi j'ai préféré partir tout de suite.... Vous n'avez rien oublié, Bazile ?

— Non, Monseigneur, et, si nous trouvons un gîte, Son Éminence ne manquera de rien.

— Oh ! un gîte dans ces montagnes, je n'y compte guère ! Je préférerais une car-
riole qui nous conduirait à une station en avant ; car vous savez qu'on nous attend. »

Tout en devisant de la sorte, les voyageurs arrivèrent sans encombre à la petite

gare devant laquelle on venait de passer à toute vapeur. Tout y était en rumeur ; l'unique employé, ahuri, la tête encore enveloppée d'une marmotte, ne savait à qui répondre, et le chef, éclairé par une mauvaise chandelle, n'arrêtait pas de manipuler son appareil télégraphique. Quand les nouveaux arrivants eurent envahi sa petite cabine, ce fut une bousculade. Chacun voulait faire passer sa dépêche en premier. Enfin, Monseigneur obtint le tour de faveur que méritait son importance. Mais une paysanne affolée ne voulait pas abandonner la place :

« Monsieur, criait-elle, il faut que je prévienne ! On ne me croira pas ! Mon mari me battra ! Madame la marquise qui compte sur moi ! Son petit va pâtir ! Au nom du ciel, protégez une pauvre nourrice. »

Le désespoir de cette femme était si sincère, que Monseigneur en eut pitié.

« Allons ! dit-il, écrivez votre dépêche ; je la ferai passer avec la mienne.

— Mais je ne sais pas écrire !

— Eh bien, dites ce que vous voulez télégraphier ; je l'écrirai pour vous.

— Oh ! merci ! j'ai eu si tant peur, que j'ai peur de perdre mon lait, et j'ai peur d'être renvoyée là-bas et plus peur de rentrer chez nous. Une si belle place, que mon homme avait acheté une vache pour me remplacer !

— Bien, bien, ma brave femme ! je vais arranger cela ; donnez-moi juste l'adresse de vos maîtres, et taisez-vous, que je puisse écrire. »

Pendant ce temps, Bazile n'était pas resté inactif. En effet, une heure après, Monseigneur était installé devant une grande cheminée de pierre, se chauffant le dos à un bon feu dans l'ancienne salle des gardes d'un vieux château. Cette salle, où restaient quelques vestiges d'une ancienne splendeur, servait d'habitation à un vieux serviteur, portier, garde-chasse, le seul être vivant dans ce donjon féodal, dont les murs tombaient en ruines. Sur une chaise, étaient déposés le sac de toilette et la petite gibecière de voyage, et, sur le coin d'un meuble, un verre mi-plein de lait, une miche de pain entamée et une terrine remplie de pommes. Une torsade d'étoupe enduite de cire et de résine brûlant dans une vieille torchère de fer forgé éclairait d'une vive clarté la figure de Monseigneur, qui, par parenthèse, avait l'air de fort mauvaise humeur.

« Hou ! grommelait-il en aparté, les voilà, les voyages ! au lieu de rester chez soi bien tranquille ! Les chemins de fer qui suppriment les distances ! ah bien oui ! La civilisation, le progrès, c'est du propre ! Autrefois, on avait la patache et les

207

mulets; ça ne valait guère mieux, c'est vrai; on avait autant d'accidents à craindre, et les brigands en plus. Oui, seulement on ne voyageait qu'y étant forcé! Maintenant, c'est pour son plaisir qu'on s'offre ces petites fêtes-là. Que c'est bête! mon Dieu, que c'est bête!

« Pourvu que Bazile trouve une voiture! Ce pauvre homme, qui court en pleine nuit! Quel serviteur dévoué et adroit! Il m'a de suite trouvé un gîte, le seul peut-être dans ces lieux déserts. Ce n'est pas très confortable; mais, enfin, c'est un toit et du feu. J'ai même un souper, que ce brave homme m'a improvisé. Et je me plains, tandis que mes compagnons de route grelottent sur les bancs de la gare. Mon Dieu, pardonnez-moi mon égoïsme! C'est encore un fruit du progrès. »

Monseigneur avait alors un bon sourire, reflet des bonnes pensées qu'interrompit l'arrivée du garde-chasse tenant une lanterne d'une main et son bonnet de l'autre.

« Si Sa Grandeur veut bien me suivre, dit-il avec émotion, je vais la conduire à ses appartements, où j'ai déjà déposé la valise. »

Il prit les sacs et, précédant le noble visiteur, il montra le chemin. On monta l'étage démesuré d'un escalier de pierre en colimaçon, et l'on s'arrêta devant une petite porte. Pour l'ouvrir, le guide, embarrassé de ses paquets, mit la lanterne à terre et son bonnet dessus juste au moment où le voyageur passait le seuil; celui-ci, n'ayant pu voir qu'il y avait une marche à descendre, faillit s'étendre tout de son long.

« Prenez garde, il y a un pas! dit le guide un peu trop tard, comme toujours en pareil cas. Sa Hauteur ne s'est pas fait mal, au moins? »

Et il passait sa main calleuse sur les plis du manteau un peu maculé de poussière; puis se redressant et d'un ton solennel :

« C'est ici la chambre d'honneur, où Sa Majesté le roi des empereurs, Charles-Quint, et Philippe II ont passé la nuit à l'époque.

— Ah! ah! dit le voyageur. Et où ont-ils couché? Je ne vois pas de lit.

— Que Sa Hauteur nous pardonne! reprit le vieux serviteur; mais on a démeublé le château depuis.

— Eh bien, mais j'aurais été tout aussi bien en bas. Pourquoi ce dérangement?

— La grandeur de Sa Hautesse dans mon chenil? Monsieur le duc, mon maître, ne m'aurait jamais pardonné de recevoir un hôte de la grandeur de Sa Hautesse autre part que dans la chambre d'honneur. Que la foudre me tombe s'il en était autrement ! »

Monseigneur, voyant qu'il serait impossible de contrarier le caleb espagnol sur ce point d'étiquette, se résigna.

« Eh bien, merci, mon brave ! dit-il, et bonne nuit ! »

Le gardien, se retirant avec la dignité d'un chambellan, salua jusqu'à terre et reprit sa lanterne.

« Je ne la laisse pas, dit-il, parce qu'elle va s'éteindre, et l'odeur pourrait incommoder.

— Oui, oui, le feu suffit, dit le prélat, qui, lorsqu'il fut seul, se mit à examiner la chambre d'honneur.

Ce ne fut pas long : quatre murs dénudés jusqu'à la pierre, une grande fenêtre à vitraux en partie calfeutrée avec des planches et du foin, une cheminée en granit avec une série d'écussons sculptés dans le chambranle, c'était tout. Comme meubles, une petite chaise de bois et la valise du voyageur.

Celui-ci s'assit sur la chaise, devant le feu, qui, heureusement, flambait joyeusement, et se livra à de tristes réflexions.

« Au diable soit de la politesse de cet imbécile d'hidalgo ! J'étais bien mieux en bas que dans cette Sibérie d'honneur !... Et j'ai manqué de me casser le cou pour arriver à ce résultat-là !... Ah ! quand on m'y reprendra, à voyager, il fera chaud !... plus chaud qu'ici !... »

Après avoir encore ronchonné ainsi quelque temps, enveloppé dans son manteau, collet relevé, les coudes appuyés sur les genoux serrés, le dos arrondi, Monseigneur finit par s'engourdir dans un assoupissement qui n'était pas le sommeil absolu, mais où la pensée prenait cependant déjà la forme du songe.

Il revoyait en rêve tous les instants

où il avait failli devenir victime d'accidents ; il re-
vivait toutes ses impressions de voyage d'autrefois.

C'était au bord de la mer, par une belle journée
d'automne. Quoique la brise fût assez fraîche pour
rendre un manteau nécessaire, la promenade sur la
grève était agréable et vivifiante. Mais voilà qu'un
tout petit nuage, large comme tout au plus la voile
d'un navire, paraît à
l'horizon ; il grandit
rapidement, envahit le
bas du ciel ; le vent
souffle avec violence :
c'est un grain ! Ah !
le chapeau s'envole. La
rafale s'engouffre dans les plis du manteau, qui claque comme un drapeau.
Impossible d'avancer ! Il vaut mieux
se retourner et fuir devant la tempête. L'ombrelle aussi se retourne ! Les
coups de tonnerre se succèdent sans
interruption en un fracas effroyable, et
les éclairs font une lueur persistante,
tour à tour éblouissante ou livide.
Monseigneur est devenu le jouet de
l'ouragan : ahuri, assourdi, aveuglé,
il tournoie, emporté dans les tour-
billons de sable. De son ombrelle,
foudroyée, il ne reste que la carcasse,
comme une grande araignée sur la
tête d'un fantôme.

J. G. Vilar.

211

Alors, c'était la Bretagne, les rochers de granit entassés en un pêle-mêle gigantesque, sur lesquels l'homme qui se promène a l'air d'un puceron rouge sur un tas de pavés. S'aventurer ainsi sans guide, avec une petite ombrelle pour tout soutien, quelle imprudence ! Mon Dieu ! suspendu au-dessus du vide ! Si l'ombrelle glisse ?... si le pied manque ?...

Puis, c'était, dans les plaines ensoleillées de la Provence, une promenade à l'ombre d'un grand parasol porté par un laquais. Aucun bruit, que la crécelle des cigales. Tout à coup, un mugissement sonore retentit, et la terre résonne sous un galop pesant.

Gare au taureau !

Alors, c'est la course vertigineuse, affolée, de l'homme vêtu d'écarlate poursuivi par la bête exaspérée. Le souffle manque !... Un faux pas !... Il tombe à quatre pattes, le front contre terre, attendant le coup mortel !...

Il neigeait ! Dans la forêt immense, les chemins, les sentiers, comme aussi les fondrières, les bourbiers, les fossés, tout avait disparu, enfoui sous une épaisse couche ondulée, vierge de toute trace. Depuis deux heures, on était perdu, errant au hasard.

Ce pauvre Bazile, portant l'éternelle valise, tournoyait au milieu des rafales comme un grand
corbeau désorienté ; les grands chênes, avec
leurs branches toutes blanches, comme des
géants aux cent bras en camisole et bonnet
de coton, avaient l'air de se tordre de rire....

On entendait au loin une cloche sonnant le
glas . Monseigneur, à ce bruit, sort brusquement de sa rêverie.... La cloche tinte réel-
lement à la porte du château.... C'est Bazile
qui revient ; il n'a pas pu obtenir de voiture
avant le jour, mais il est repassé par la gare
et rapporte une dépêche. C'est la réponse :
« Heureux vous savoir échappé grand dan-

ger. Attendons demain. Avons pas compris pourquoi avez peur perdu votre lait. »

« Comment perdu votre lait ? hasarda Bazile.

— Ah ! c'est l'imbécile de chef de gare ! s'écria Monseigneur.

— Comment ! c'est le chef de gare qui a perdu son lait ?... votre lait ?...

— Mais non ! il m'a envoyé avec la nourrice !

— La nourrice ? » fit Bazile, inquiet, qui commençait à craindre que les émotions
de la soirée n'aient agi sur l'esprit de son maître.

Celui-ci se tordait devant l'ahurissement de Bazile. A la fin, il fut pris d'un fou
rire, au milieu duquel il essayait d'expliquer l'histoire de la pauvre femme et des
deux dépêches mêlées maladroitement, de sorte que la marquise, qui attendait une
nourrice, n'avait pas dû comprendre pourquoi celle-ci s'excusait de ne pouvoir donner
la bénédiction nuptiale à sa fille.

Le pauvre Bazile ne comprit pas non plus ; mais il n'insista pas et conseilla à
Monseigneur de dormir un peu. Avec une botte de paille, la couverture, le coussin
de caoutchouc gonflé, il fit un lit improvisé, prépara l'infusion de tilleul avec les fleurs
d'oranger, et ne fut un peu plus rassuré que quand son cardinal fut endormi d'un
sommeil paisible. Vers minuit, le dormeur murmura :

« Sommes-nous arrivés ?

— Nous partirons dans sept heures », répondit Bazile.

1. — ce

LE DÉPART

C'est, de toute la merveilleuse Espagne, le palais le plus merveilleux.

Peut-être en est-ce aussi le plus vieux. Le temps, qui ne respecte rien, n'a cependant pas encore osé le détruire.

Voilà bien des siècles déjà que les lions de marbre blanc assis sur les vasques des fontaines ou rampant dans les frises du patio gardent, entre leurs griffes immobiles, les nobles écussons de ceux qui l'ont construit, mais dont l'histoire ne sait plus les noms.

Tous les ans, dans l'été, le soleil vient faire aux mêmes places sa même ombre de dentelle bleue, qui double la dentelle de pierre, et, tous les ans, les noires hirondelles, revenant au printemps, font en leurs ébats des colliers de velours noir aux lions de marbre blanc.

Cependant, combien sont passés dans cet antique palais de la vieille Andalousie! Maures, Castillans, Aragonais, conquérants d'un jour, venus sur les ailes de la victoire

et que remportait
la déroute ! favoris des
rois, bandits de grands chemins, tous grands seigneurs de hasard, qu'attendaient le poignard vengeur
ou la hache du bourreau !

Hélas ! que de victimes innocentes, de combats sanglants
et de tortures infâmes ont vu ces murs, aujourd'hui silencieux !

Oh ! si de ces fontaines ruisselait tout à
coup le torrent des larmes qui s'y sont ver-
sées ! si de la terre de ces jardins surgissait d'un seul flot tout
le sang qu'elle a bu !... Oh ! si ces voûtes épaisses rejetaient d'un
seul écho foudroyant tous les cris, tous les râles et les soupirs
qui s'y sont étouffés !

Kalifes sanguinaires, chevaliers félons, sombres
moines, vos temps sont passés, vous ne reviendrez plus !

Mais combien aussi de belles figures ont habité cette
majestueuse demeure ! guerriers fameux, ardents chrétiens,
nobles savants, dont les exploits célèbres, les conquêtes mer-

215

veilleuses et les travaux illustres ont fait la gloire et la puissance de l'Espagne !
Vous êtes morts loin de la patrie, combattant pour elle et pour Dieu, en Palestine,
au Nouveau Monde, laissant des mères, des filles adorées ! Et c'est dans cette même
cour, au pied de ce grand escalier, que vous leur aviez dit adieu !

Qu'ils en ont vu partir, les lions de marbre blanc, de ceux-là qui ne devaient
jamais revenir !

Celui qui part aujourd'hui reviendra-t-il ?

Il part botté, vêtu de la poupre, droit et fier, sur son coursier caparaçonné ; un
courrier le précède, et son écuyer bourre de munitions le bissac de sa selle ; mais ce
n'est pas pour la guerre.

Il n'a pas asservi le fier Andalou qui chevauche dans la Sierra, il n'a pas brûlé
les villages, il n'a chassé personne ; mais, pour assurer sa puissance, il a conquis le
cœur des femmes.

A travers les paupières baissées, comme à travers les lames d'un éventail, l'Andalouse le voit, l'admire, et sa pensée le suivra partout, galopant légère à son
côté.

Il reviendra, celui-là, bien accueilli toujours, car il parle au nom d'un maître qui
pardonne et console, et, qu'il parte ou qu'il vienne, il vient et part en bénissant.

LIVRE NEUVIÈME

CONTES ET FANTAISIES

UN CONTE DE FÉE

« Mademoiselle, c'est-y vrai, les fées ?

— Non, mon petit.

— Alors, pourquoi que tu les racontes ?

— Parce que... parce que les fées sont des êtres fictifs créés par les poètes pour mieux frapper les imaginations naïves de nos ancêtres et leur inculquer.... Vous ne comprenez pas ?... Eh bien, les fées sont nécessaires pour faire les beaux contes qui vous amusent tant ; mais elles n'existent pas en réalité.

— Les contes, c'est donc des histoires pas arrivées ?

— Oui, mon enfant.

— Alors, les fées, c'est vrai quand c'est pas vrai !

— Parfaitement !

— Et les magiciens avec les grandes barbes longues, longues ?

— C'est la même chose.

— Et les génies qui viennent dans une fumée, tu sais, et qui s'en vont dans

220

le ciel, sur des grands oiseaux en squelette ?... Et les sorcières qui galopent à cheval sur les balais ?

— Tout cela aussi. Mais pourquoi ces questions ?

— C'est que j'en ai fait un, conte, moi !

— Vraiment ! Eh bien, puisqu'il pleut et qu'on ne peut se promener, racontez-le-moi.

— Voilà. Mais tu auras peur ?

— Oui, oui, je tremble déjà.

— Ah ! tu te moques ! Ça n'est pas encore. Tu vas voir. Il était une fois la caverne....

— Quelle caverne ?

— Mais la caverne où nous avons été promener en voyage.... tu sais bien.... en voiture et après en bateau.... où tu as fait une aquarelle à maman....

— Oui, oui, les grottes de Saint-Hilaire. J'y suis. Allez.

— Alors, il était une fois la caverne, qui était pleine de bêtes... qu'on ne sait pas, et qui riaient ; et puis, il y avait les diables, avec des têtes de chèvre, qui faisaient cuire de la fumée noire dans un grand chaudron ; et puis, dans les trous, des autres avec des yeux en chandelles allumées, qui remuaient et qui faisaient : « Hou ! hou ! »

— Oh ! que j'ai peur !

— Hou ! hou ! hou !... Et alors, il est venu trois magiciens avec des bonnets pointus, avec des poissons et des oiseaux dessus, et des grandes robes en velours et en or, et tout plein de choses marquées tout du long ; et alors, voilà que les trois magiciens c'étaient M. Schumaker, mon maître d'allemand, M. l'abbé qui m'apprend les vilaines fables du loup qui mange les petits moutons et de l'araignée qui suce le sang des mouches ; il en avait une sur sa robe et il en promenait derrière lui une énorme, comme un petit chien, à une ficelle.

— C'est effrayant !

— Et puis, le vieux jardinier, qui m'appelle toutes les fleurs en latin et qui n'a plus de cheveux, et la tête comme un œuf à la coque.... Tu ris ?

— Non, non ; je suis très curieuse de savoir ce qui va arriver.

— Alors, qu'est-ce qui va arriver ? C'est une voiture. Devine avec qui dedans ?

— Oh ! s'il faut deviner, ce n'est plus un conte.

— C'est la fée, belle, comme un jour maman, quand elle a été au bal costumé, avec sa baguette d'ivoire et le petit nègre qui monte derrière la voiture du docteur.... Tu sais bien ?

I. — dd

— Oui, oui, le bancal !

— Il était changé en crabe et tenait la queue de la fée, qui descendit de sa carcasse de homard, qu'elle avait changée aussi en carrosse, avec des roues en étoiles de mer.... Tu ne crois pas ?

— Mais si ! mais si ! je vois tout cela d'ici. Alors, qu'est-ce qu'elle a fait, la fée ?

— Alors, elle a dit aux magiciens : « Vous êtes trois méchants qui tourmentez les « enfants à leur faire apprendre tout le temps ; vous allez rentrer sous terre, et, quand « vous sortirez, vous ne saurez plus rien du tout et on n'aura plus besoin de vous. » Et voilà comme ça finit.

— Très bien ! Mais c'est un conte de fée, et l'heure de la récréation est passée ; il faut maintenant faire sa page d'écriture. »

Hélas ! pour nous tous aussi, l'heure de la récréation est vite passée !

O douces rêveries de l'adolescence, qui succédez aux contes de l'enfance, que vous êtes déjà loin ! Où est-il, le temps où la nature entière se peuplait de douces visions ? où les nymphes, les ondines, les sylphides, vêtues de gaze, de plumes d'oiseaux, d'ailes de papillons, couraient légères et fugitives devant le poète, buvant l'eau des fontaines, cueillant les fleurs

des prés, pêchant au bord du ruisseau ? Où est-il, le temps où l'on aimait passionnément, sans savoir qui, demandant à la pâquerette si l'on était payé de retour ?

« Allo ! allo ! On demande monsieur au téléphone de la réalité ! Le cours de la Bourse, le comité des artistes, les nouvelles de la guerre : la voilà, la vérité ! »

Eh bien, non ! quelque chose de révolté dans l'âme crie : « Mille fois non ! c'est la vie qui est un mensonge ! » Et comme le disait l'enfant naïf, ce qui est vraiment vrai, c'est quand ça n'est pas vrai !

222

GULLIVER

Extraits du « Moniteur lilliputien ».

Dernière heure. — On sait maintenant que le monstre humain qui s'est échoué sur nos côtes s'appelle Gulliver.

D'intrépides pionniers, ayant pratiqué une galerie sous les bords de son chapeau, qui gît à terre, ont pu pénétrer jusque sous la calotte, et, à la lueur d'une lanterne, ont lu ce nom écrit sur la coiffe.

Le géant n'est pas mort, comme on l'avait supposé d'abord ; mais il dort toujours d'un profond sommeil. A l'aide de la grue installée pour retirer de sa ceinture le pistolet, dont, par parenthèse, la balle doit être aussi grosse qu'un des plus gros boulets de canon, un docteur s'est fait descendre sur sa poitrine, où les mouvements de la respiration produisent un roulis aussi fort que sur un navire par les plus mauvais temps. Le greffier, qui l'accompagnait, a même eu sa perruque emportée par le vent formidable qui sort des narines ouvertes, comme d'une double caverne, avec un ronflement terrifiant, comparable au rugissement de vingt lions.

Les travaux d'enchaînement du monstre sont terminés, et tout danger est écarté pour l'instant. Quand il se réveillera, il sera dans l'impossibilité de faire aucun mouvement.

223

Des pieux ont été enfoncés dans le sol tout autour du corps, et les cordages, solidement amarrés, ont été raidis avec force sur leurs poulies. Les cheveux ont été attachés par petites mèches et fixés au sol sur des piquets, si bien que le derrière de la tête ressemble ainsi à un immense métier de tisserand apprêté pour un tapis de haute lice.

Des postes d'archers sont établis de place en place autour du corps, et de nombreuses sentinelles se renouvellent d'heure en heure à toutes les extrémités. Un cordon de troupes, à une portée d'arc, maintient la foule des curieux et protège les travailleurs.

De plus, vingt-cinq mille hommes sont massés dans la plaine, sous les ordres du général en chef, qui reste en permanence sur le dos de son éléphant.

Un incident dont les suites auraient pu être funestes vient d'égayer la situation. Un original avait parié (il y a toujours des parieurs, même dans les cas les plus graves) qu'il déposerait sa carte dans le nez de Gulliver. S'aidant des poils de la moustache, il était parvenu à se hisser jusqu'aux orifices, et déjà son bras avait pénétré dans l'un des deux, lorsque soudain, avec un bruit assourdissant, une trombe de vent formidable, mêlée de pluie, le renversa brusquement. Il fut bousculé, et on le releva trempé des pieds à la tête. Honteux et confus, il est rentré dans la foule, sans vouloir dire son nom. Nous respectons son incognito ; mais, ayant ramassé la carte qui lui était échappée de la main, nous l'exposerons dans notre salle des dépêches, avec un poil de la moustache de Gulliver, qu'il arracha dans sa chute, un brin de la plume du chapeau et quelques parcelles que nous avons pu couper aux vêtements.

CHRONIQUE DU COLOSSE

Notre confrère, dans sa « Dernière heure », a tracé l'aspect général du grand événement qui occupe toute la presse ; mais, sans empiéter sur son domaine, il y a beaucoup à glaner derrière lui pour les reporters qui ont la mission de tenir le lecteur au courant des plus petits détails relatifs au gigantesque prisonnier.

En attendant qu'il se réveille et qu'il nous raconte ses aventures, contentons-nous, pour l'instant, d'explorer son costume.

L'horloger du palais, mandé en toute hâte, a procédé à l'ouverture de la montre du géant, que l'on avait extraite de sa poche et déposée à terre, encore ficelée sur l'échelle qui avait servi de brancard pour la transporter. Après une minutieuse visite du mouvement, le célèbre orfèvre a constaté que, sauf la valeur des rubis, qui est considérable, à cause de leur grosseur, cet oignon ne vaut pas grand'chose. Le mécanisme, par lui-même, est grossier et loin d'avoir la précision et la finesse des montres que notre habile praticien livre journellement au public à des prix si modiques.

J'ai visité en détail tout le costume du grand dormeur avec un homme compétent au premier chef, l'homme de goût par excellence, l'arbitre de la mode lilliputienne : j'ai nommé le tailleur de Sa Majesté, qui m'a convaincu de la mauvaise qualité des étoffes et de la confection barbare des vêtements, sans parler de leur coupe, qui est ridicule.

Qu'il y a loin entre le couturier de cet étranger et celui de Sa Majesté, qui fournit toujours solide et gracieux, même à tous les prix !

Le bottier du Lilliput-Club a résumé son opinion d'une façon plaisante : « Ces souliers-là, me dit-il en me montrant les semelles géantes, je n'en voudrais pas pour mon enseigne ! »

Quant au pistolet, dont on avait eu si peur, l'armurier de la couronne affirme qu'il ne peut pas partir, car aucune force humaine ne serait capable d'en presser la détente.

(Pour copie conforme.)

UNE CAUSE CÉLÈBRE

Une jeune femme, jolie, spirituelle, curieuse, en somme une vraie fille d'Ève, ayant hérité de sa mère toutes les qualités qui font la femme séduisante, avait épousé un homme beaucoup plus vieux qu'elle, mais riche, confiant, naïf, ayant, lui aussi, toutes les qualités pour faire un mari trompé.

Tout était donc pour le mieux, et les choses se seraient passées comme elles se passent d'habitude, si l'amoureux ne s'était pas mis en tête d'être jaloux lui-même. Se croyant supplanté par un rival, il fit surveiller l'infidèle, et, excitant la défiance du mari débonnaire, il se plut à mettre sous ses yeux les preuves de son malheur.

Comme il était avocat, il lui fournit, en outre, toutes les armes que la justice met entre les mains des époux... convaincus.

Surprise en flagrant délit, d'aucuns disent victime d'un guet-apens, la jeune femme fut traînée devant les tribunaux avec son complice ; mais la jeunesse de ce dernier et son innocence virginale permirent à son défenseur d'introduire le doute dans la conscience des juges, ce qui prouve, entre parenthèses, que ceux-ci en ont une.

Quant à l'avocat du mari, il mit tant d'impétuosité dans ses attaques, que, dépassant le but, il n'arriva à persuader personne. Il eut aussi le grand tort de faire intervenir les journaux et d'employer, pour la défense de sa cause, de monstrueux canards, que l'autorité fit, du reste, taire immédiatement. Enfin, il fit tant et si bien, que le tribunal, indécis, renvoya les époux dos à dos au foyer conjugal ; et, malgré la position singulière que leur avait faite la justice, ils furent heureux et ils eurent beaucoup d'enfants.

Tout se serait terminé là si l'opinion publique ne s'était mêlée de vouloir, à son tour, juger cette affaire scandaleuse, devant laquelle la justice elle-même s'était reconnue impuissante. Chacun voulut dire son mot, la comédie s'en occupa, et la pantomime même en reproduisit les faits et gestes, jusqu'à ce qu'enfin un ordre venu de haut fit interdire de parler ou d'écrire sur cette cause célèbre.

Mais on avait oublié de défendre de la peindre, ce que l'on s'empressa de faire.

Aussi, aujourd'hui, gravée dans le métal, elle restera impérissable à travers les âges, et chacun continuera à reconnaître dans ces personnages l'image de ses amis ou de ses voisins, dont il dira les noms tout bas.

POLICHINELLE

Polichinelle, fils de Pan, naquit probablement immortel, car il existe encore. Son enfance, qu'il passa parmi les nymphes, les satyres et les prêtres de Bacchus, ne fut pas exemplaire. Aussi, lorsqu'il parvint à l'adolescence, était-il déjà ivrogne et libertin outre mesure.

En ce temps-là, quand une voix, qui retentissait sur les eaux, eut annoncé que le grand Pan était mort, les dieux furent chassés de la Terre. Polichinelle, ayant trouvé

dans leurs bagages la boîte de Pandore, qui n'était pas si bien vidée qu'on l'a toujours dit, car il y restait encore pas mal de vilains vices, avait enfoui ce butin dans les deux poches de son bissac, dont l'une pendait devant sa poitrine et l'autre derrière son dos. Le feu du ciel l'ayant alors soudainement foudroyé, il se produisit ce phénomène, que les deux poches du bissac se fondirent en lui-même, formant sous sa peau deux bosses qui ne s'en allèrent jamais ; et c'est sous cette forme étrange que, depuis ce jour, le fils de Pan parcourt le monde. Sous le nom de Maccus, on l'a vu chez les Volsques, et plus tard, à Naples, devenu signor Pulcinella, il acquit une célébrité universelle. En Turquie, incarnant le personnage d'un portefaix nommé Karageus, il divertit les matelots de ses grossières saillies. En Allemagne, où il étonna par son immense gloutonnerie, on l'appela Hanswurst (Jean Saucisse). Enfin, en Angleterre, don Juan de bas étage, il scandalisa la magistrature avec les crimes inouïs de M. Punch.

Sous des noms et des costumes différents, c'est partout et toujours le même : vantard, soulard, poltron, voleur, menteur, paresseux, débauché. Armé d'un gros bâton, il ne rêve que plaies et bosses pour les autres ; sans cesse il parle de rosser le guet et de battre le commissaire ; mais la vue d'une épée à moitié sortie du fourreau le

fait se pâmer de frayeur. Dans ces cas-là, il passerait volontiers le bâton à une femme pour s'abriter derrière elle.

Cependant, malgré les vices grossiers dont il est rempli, Polichinelle n'est pas dénué de toutes qualités. Il a parfois de l'esprit. Malin, rusé, débrouillard, il est apte à bien des choses. Il fut, dans sa longue carrière, avocat, médecin, ministre, et même journaliste ! Aurait-il donc des lettres ? Non ! mais on n'a pas besoin d'être de l'Académie quand on est déjà immortel !

Polichinelle et l'Aubergiste.

Un jour, monsieur Polichinelle
Ayant englouti noblement
Dedans sa panse personnelle
De quoi nourrir un régiment,
Rêvait, sous la verte tonnelle,
Qu'il deviendrait gouvernement.

Aussi, quand l'aubergiste avide
Apporta sa note, humblement
Il dit, montrant sa poche vide :
« Je suis panné, pour le moment ;
Mais ton compte sera liquide
Quand je serai gouvernement. »

L'hôtelier, se voyant bredouille
Ne le prit pas si plaisamment.
Il s'écrie : « Au guet ! à la patrouille ! »
Et met dehors piteusement
Ce malandrin, cette fripouille
Et son futur gouvernement.

La conduite peu fraternelle
De l'hôte est dure, assurément ;
Mais c'est la morale éternelle
Il faut agir honnestement,
Même en étant Polichinelle,
Même en étant gouvernement.

230

Déesse elle eut été Junon
Et fleur elle eut été la rose.
Si j'en crois la métempsychose,
C'était Laïs au Parthénon.

Au grand siècle ce fut Ninon ;
Et lorsque sa tombe fut close,
Son âme revint fraîche éclose
Et fut la reine à Trianon.

Dans ce sonnet écrit pour elle,
Je ne dis pas comme on l'appelle
Car c'est un doux secret d'amour ;

Mais en disant : c'est la plus belle,
Je fais, innocent troubadour,
Le sonnet de Polichinelle.

J.G. Vibert

231

LES HUIT SŒURS DU PACHA

Il y a longtemps, longtemps, dans un pays bien loin, bien loin, vivait un sultan excessivement riche et puissant, nommé Sidi.

Il avait huit sœurs, toutes à peu près de la même taille, toutes également belles, et dont les huit visages se ressemblaient comme ceux de sœurs jumelles.

Pour augmenter encore cette ressemblance naturelle, le sultan avait ordonné que leurs vêtements et les bijoux dont elles se paraient fussent toujours identiquement semblables. Si bien, que même la vieille nourrice, qui les avait toutes élevées, pouvait à peine les distinguer les unes des autres.

Il est vrai de dire que l'instinct de la coquetterie féminine eut bien vite raison de ces ordres sévères, et, sans désobéir au sultan, elles eurent bientôt reconquis leur personnalité par la façon dont chacune d'elles prit l'habitude d'arranger les plis du grand manteau de velours sombre qui les enveloppait. Bien entendu, ces variantes n'avaient lieu que dans leurs appartements privés. Aussitôt en public, elles reprenaient leur complète uniformité. Mais pourquoi ce sultan cherchait-il ainsi à augmenter, parmi ses sœurs, une confusion que la nature avait déjà rendue possible ?

Pour les empêcher de se marier ! En effet, il devenait difficile, non seulement à un prince étranger, mais même à un courtisan familier du palais, de faire un choix dans ces conditions ; car il leur eût été impossible de désigner celle des huit princesses qui leur avait su plaire, puisque, les confondant toutes, ils ne pouvaient en distinguer aucune.

Or, le sultan ayant formellement dit que, voulant le bonheur de ses sœurs, il ne les marierait qu'à des fiancés fortement épris d'elles, il eût été inutile et même irrévérencieux de demander à épouser n'importe laquelle, ainsi que cela se fait quelquefois, dans des pays cependant plus civilisés.

Comme dans les cours orientales la moindre irrévérence vous conduit tout droit à un grand sabre qui ne plaisante pas, le rusé sultan, en ayant l'air de vouloir si bien marier ses sœurs, rendait, au contraire, leur mariage tout à fait impossible.

Mais pourquoi ?

Pour la même raison qui l'empêchait de se marier lui-même, c'est-à-dire afin qu'il ne pût naître aucun prince de son sang.

Pour infliger ainsi à son orgueil la honte de voir s'éteindre sa famille en laissant son nom disparaître avec lui, il avait fallu le puissant motif que voici :

Le sultan avait dans ses États un fakir vénéré, grand faiseur de miracles. Ce saint homme, devenu peu à peu le confident, puis le directeur de la conscience de son souverain, avait fini par prendre sur son esprit un empire absolu et lui avait prédit qu'il serait un jour dépossédé de sa puissance et de ses richesses par son plus proche parent.

Voilà pourquoi, n'ayant plus aucun ascendant et ayant supprimé tout espoir de descendants, Sidi se sentait plus tranquille ; mais, cependant, il n'était pas heureux.

Du reste, cet état de choses ne satisfaisait vraiment qu'un personnage dans le palais : c'était le chef des eunuques, qui, instinctivement, avait horreur de toute espèce de mariage.

Un jour, Sidi dit au fakir : « Je regrette ma vie passée, non pas à cause des plaisirs que je n'ai plus, mais du bien que j'aurais pu faire et que je n'ai pas fait. Je voudrais, pensant au bonheur de mon peuple, revivre ces années perdues et les employer au soulagement des malheureux, pour la plus grande gloire de Dieu.

— Je peux te satisfaire, répondit le saint prophète ; voici un chapelet avec lequel tu pourras, dans ta vie, rajeunir huit fois de cinq années chaque fois. Il suffit, pour que le miracle s'accomplisse, que tu trouves une jeune fille de même noblesse que toi, sur le front de laquelle tu apposeras ce chapelet en disant toi-même : « Au nom du génie « tout-puissant qui a cueilli ces grains sur l'arbre de vie, que le destin efface de mon « existence cinq des années que j'ai vécues, et que ce front en supporte le poids ! » Ceci doit se faire après le coucher du soleil. Et souviens-toi que, si Mahomet te donne le pouvoir de retrancher ainsi cinq années de l'adolescence d'une noble princesse, c'est pour le bien de l'humanité tout entière, comme tu as promis de le faire. Tu resteras ensuite toute la nuit en prière, en renouvelant d'heure en heure la même cérémonie. Plus tu la répéteras avant le retour du jour, plus ces cinq années seront prospères. »

Dès la nuit arrivée, le sultan fit venir une de ses sœurs.

Il n'avait pas trouvé mieux pour se procurer une jeune fille de même noblesse que lui ; mais, comme au fond il était juste, autant que peut l'être un tyran, et qu'il s'agissait de la charger des années dont il allait s'alléger, il avait choisi la plus jeune.

« J'ai, lui dit-il, reçu d'un saint fakir un talisman qui comble les vœux de ceux qui le touchent, et je t'en veux faire profiter. Prosterne-toi et fais à Dieu ta requête pendant que je vais l'apposer sur ton front. »

Quand ce fut fait :

« Relève-toi, dit-il, et retourne à ta chambre. Dans une heure tu reviendras faire ici la même prière, car plus tu la feras d'ici l'aurore, plus ton vœu sera sûrement exaucé. »

En effet, jusqu'au jour, la sœur du sultan revint huit fois régulièrement, à chaque heure, s'agenouiller, prier et recevoir le contact du miraculeux chapelet. Seulement, cette sœur ne fut jamais la même.

La première, après être retournée près de ses sœurs, leur avait raconté ce qui venait de lui arriver, en avouant ingénument qu'elle avait demandé un mari.

Toutes, ayant la même requête à adresser, avaient voulu profiter de l'aventure, et elles étaient venues, chacune à son tour, se prosterner au pied du sultan, qui ne s'aperçut pas du changement et fut ainsi victime de sa propre ruse, comme on le va voir.

Lorsqu'à l'aube naissante le muphti eut annoncé du haut du minaret le lever du soleil, Sidi, resté seul, sentit soudain qu'un grand changement s'opérait en lui, et, s'étant regardé dans un miroir, il se vit sous les traits d'un adolescent encore imberbe, qui pouvait avoir tout au plus dix-huit ans. Il restait anéanti devant cette image, sans pouvoir comprendre ; mais le fakir, entrant alors, lui expliqua que, dans cette nuit, il avait huit fois de suite rajeuni de cinq ans au détriment de ses huit sœurs, qui chacune se trouvait vieillie de cinq seulement ; ce qui était inappréciable sur leurs jeunes visages.

« Que vais-je devenir ! s'écria le pauvre Sidi en versant d'abondantes larmes. Ni mon vizir, ni personne de mes sujets ne voudra me reconnaître ; on va me chasser

235

de mes propres États, peut-être même m'accuser de la disparition du sultan et m'en punir par les plus cruels supplices ! »

Alors le fakir lui présenta un parchemin. C'était l'abdication du sultan en faveur de son fils, enlevé jadis par des brigands et heureusement retrouvé.

Le sultan, dans ce libelle, reconnaissait ce fils et légalisait sa naissance ; puis, en terminant, il annonçait qu'il s'était retiré dans un monastère dont il ne disait pas le nom, voulant que sa retraite restât toujours secrète.

Le parchemin fut signé par Sidi et revêtu du sceau du sultan.

« Maintenant, dit le fakir, tu vas te succéder à toi-même. Je me porterai garant de la retraite de ton père, et, grâce à ta ressemblance avec lui, ton vizir et ton peuple vont te reconnaître pour leur maître. A présent, crois-tu que la prédiction que je t'ai faite était juste ? et pouvais-tu être dépossédé de ta puissance et de tes richesses par un plus proche parent que tu ne l'es à toi-même ? »

Tout se passa comme on l'avait prévu.

Le jeune sultan, n'ayant plus rien à craindre de sa postérité, se maria, et ses sœurs, débarrassées de leurs uniformes, trouvèrent bientôt les maris qu'elles avaient demandés à Dieu, à la plus grande gloire du fakir, dont toutes les prédictions se trouvèrent ainsi réalisées. Grâce à la superstition populaire, il devint l'objet d'un véritable culte, et son influence s'étendit aussi haut que le vol de l'aigle, aussi loin que pénètre au fond des déserts la légère gazelle emportée par sa course rapide.

Le sultan Sidi vécut encore longtemps ; mais, malgré l'expérience qu'il avait dû acquérir pendant son ancienne vie, il se laissa entraîner par ses passions, comme en sa première jeunesse, et il fit juste les mêmes bêtises qu'il avait faites autrefois.

Serait-il donc vrai que la sagesse n'est que l'impuissance de faire des folies ?

236

LA CIGALE ET LA FOURMI

ÉTAIT un petit garçon à l'esprit inquiet, qui voulait tout connaître. Il demandait les tenants et les aboutissants de chaque chose et faisait en un jour plus de questions que l'on n'en pose à l'examen d'un bachelier. Il cassait les noyaux de cerises pour voir le petit arbre qui était dedans et cherchait dans tous les choux du potager pour y trouver des petits frères.

Afin de se débarrasser de son insatiable curiosité, on avait dû lui inventer les histoires de tous les personnages figurant sur les gravures qui ornaient la maison. Il savait aussi que le joli petit bonhomme tout en or assis sur la pendule était un ménestrel et que sa guitare, aussi grande que lui, s'appelait un luth. Il savait, de plus, que les ménestrels étaient des musiciens qui composaient des vers et allaient les chanter dans les châteaux, où on les comblait de gâteaux et de friandises. A ce propos, il était assez intrigué de voir celui-ci rester ainsi juché sur un cadran où on ne lui donnait rien ; mais il n'osa jamais demander pourquoi, de crainte de lui suggérer l'idée de s'en aller, ce qui eût été dommage.

Un jour, notre petit curieux apprit une fable : c'était la première. Il s'apitoya sur le sort de cette pauvre cigale qui, ayant chanté tout l'été sans penser à économiser, se trouva n'avoir plus de quoi manger pendant l'hiver.

En revanche, il méprisa la méchante fourmi, qui, ayant de tout chez elle, ne voulut rien lui donner. Le soir, il y pensait encore, et, en se couchant, il demanda comment c'était fait, une cigale. Il n'en n'avait jamais vu. La mère, qui n'en savait sans doute pas plus que lui, répondit : « C'est une espèce de sauterelle. » Une sauterelle, il connaissait cela : une jolie bête toute verte, qui saute sur deux grandes pattes. Elle a des ailes collées qui lui pendent dans le dos et une tête en triangle, avec de gros yeux.

Les fourmis, il le savait aussi : c'en est qui s'en vont à la queue-leu-leu par le

1. — ff

même chemin, en emportant toujours quelque chose.... comme les moines qu'on voit sur la route qui mène au couvent.

Des vilaines bêtes brunes qui demeurent dans des maisons bâties par elles-mêmes et qu'elles emplissent de tout ce qu'elles prennent partout, avec leurs œufs qui sont tous pêle-mêle. Alors, leurs petits n'ont ni père ni mère.

Ayant ainsi bien reconnu les deux personnages de sa fable, notre jeune philosophe finit par s'endormir. Mais, pendant son sommeil, il eut un songe. Toute la campagne était couverte de neige, et sur la route, seul, grelottant de froid, le ménestrel tout misérable et déguenillé. Il n'était plus en or. Son corps aminci et ses grandes jambes maigres portaient encore les mêmes vêtements, mais entièrement verts des pieds à la tête. Son luth, pendu derrière son dos, ressemblait à des ailes d'insecte fermées, et sa plume de paon faisait comme un gros œil à son capuchon pointu. Il avait l'air d'une grande sauterelle.

Des moines vinrent à passer. Ils conduisaient des chevaux et des ânes chargés de

barriques et de paniers pleins de toutes sortes de bonnes victuailles, même un porc tout entier, le ventre ouvert et les pattes en l'air.

Le ménestrel leur demanda l'aumône ; mais les méchants moines s'en allèrent sans l'écouter. Un seul s'arrêta. Il était plus gros que les autres et portait dans sa hotte un gros dindon noir. Il avait un bon manteau, un cache-nez, des mitaines.

Le pauvre mendiant tendit la main ; mais l'autre lui dit d'une voix rude :

« Que faisiez-vous, au temps chaud, monsieur Ménestrel ?

— Je chantais.

— Vous chantiez ! J'en suis fort aise. Eh bien, dansez maintenant. »

Le petit garçon, quand il fut grand, devint un peintre, et, un jour qu'il rangeait de vieux souvenirs dans sa cervelle, il retrouva sa vision naïve, encore fraîche et précise.

Voilà comment fut fait ce tableau : de l'œuvre d'un grand poète et du rêve d'un enfant.

239

LA CHIMÈRE.

Désobéissant à sa mère,
      Petit Yaco
Traînait gaîment une chimère
      Prise au lasso.
Mais la pauvre était en faïence !
Aussi, comme bien on le pense,
Culbutant dès le premier choc,
Ce fragile objet d'étagère
Tombe, la tête la première,
Et reste en morceaux sur le roc.
Alors, Yaco, qui se lamente,
Après ce terrible accident,
Voit venir avec épouvante
L'inévitable châtiment.
Lorsque Yaco n'était pas sage,

Maman se masquait le visage.
Or, si l'enfant avait si peur
De ce gros masque plein d'horreur,
A la grande bouche de faune,
C'est que dans son pays, parbleu !
Tout le monde avait la peau jaune,
Et l'horrible masque était bleu !
Hélas ! nous avons tous, en somme,
Même peur de l'inattendu,
Même soif du fruit défendu !
Ainsi que petit Yaco, l'homme,
      Pour s'amuser,
Après lui, traîne une chimère
Qui, fragile objet éphémère,
      Doit se briser !

LIVRE DIXIÈME

FAIBLESSES ET VANITÉS

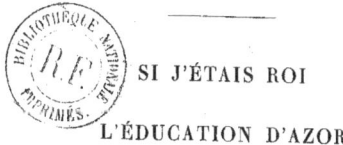

SI J'ÉTAIS ROI

ɴ trône écrivant ses mémoires, voilà ce que je suis.... Oui, un trône authentique, sur lequel se sont posées... des têtes couronnées.

On ne se figure pas bien un trône mettant la plume à la main et allant lui-même corriger ses épreuves à l'imprimerie. Aussi est-il évident que, pour écrire, je dispose de moyens inconnus.

Ceci va déjà faire sourire bien des gens. Cependant, tant de choses incroyables, inconcevables, impossibles, se sont réalisées depuis quelque temps, qu'il faut avoir la négation prudente.

Tout ce que la raison ne comprend pas n'est pas forcément folie, et la science humaine est une éternelle aurore où, comme à l'aube naissante, ce qui surgit des ténèbres est d'abord confus et indéfinissable.

Ainsi, aujourd'hui, des tables tournent et parlent, des crayons écrivent tout seuls, des miroirs reflètent l'image d'un absent, des sonnettes s'agitent d'elles-mêmes, des flammes s'éteignent et se rallument, des cordes se détachent et des chaînes se brisent. Les adeptes du spiritisme, qui prétendent que ces phénomènes étranges se produisent par des entremises surnaturelles, admettent donc parfaitement qu'il suffit qu'un fauteuil soit hanté par un esprit familier pour qu'il écrive, comme s'il était de l'Académie. Mais si vous n'êtes pas spirite ?... Alors, gardez votre sourire incrédule et lisez tout de même ce que ce fauteuil prétend avoir écrit.

J'ai déclaré que j'étais trône, sans dire de quel pays, et, si je garde cet incognito prudent, pour ne pas introduire la politique dans ces mémoires, je peux cependant laisser savoir que, de mes origines, j'ai le droit d'être fier. Je ne tire pas vanité de ma beauté plastique ; je suis fait de velours et bois doré, comme bien d'autres de mes congénères, et, quoique tout or fin, tout soie et tout crin (ce qui est rare à notre époque), je sais qu'un trône n'est physiquement qu'un riche fauteuil. Laissons les rois que nous portons s'enorgueillir de leur somptuosité ; ce ne sera pas la seule supériorité que nous aurons sur eux, ainsi qu'on va le voir. Si, matériellement, nous sommes destinés à périr comme les rois ; si comme eux, mangés par les vers, nous deviendrons poussière, au moins durons-nous généralement plus longtemps, échappant aux causes de destruction que sont pour les princes la débauche, la guerre, le poignard et le poison.

Mais les rois et les trônes ont quelque chose qui existe en dehors de leur défroque périssable et leur survit. « Le roi est mort, vive le roi ! » Et c'est là qu'apparaît la suprématie du trône dans toute sa grandeur. Un monarque privé de son trône devient un simple citoyen, auquel ses domestiques et de rares amis fidèles conservent le titre de Majesté, par intérêt ou par pitié, tandis qu'un trône privé de son monarque reste tout de même un trône, quelquefois plus respecté qu'avant, et souvent de plus d'importance, car c'est surtout lorsqu'il est vacant que les peuples se battent pour lui.

Cette vacance peut durer longtemps, et même rester perpétuelle. Les royaumes se transforment en républiques, tombent dans l'anarchie, deviennent la proie des conquérants. Les cités s'écroulent; les pays disparaissent, engloutis dans les flots, ensevelis sous les sables. Alors, que reste-t-il des rois ? Rien, puisque leurs âmes, qu'elles soient à Dieu ou au diable, échappent à la terre.

Au contraire, les trônes, dans ce qu'ils ont d'immatériel, subsistent tant que les peuples en gardent seulement le souvenir. Après des siècles, on peut encore les restaurer. Sous les pyramides d'Égypte dorment les dynasties éteintes d'un empire dont l'histoire n'a que vaguement connaissance et dont la géographie aurait peine à fixer les limites. Cependant, le trône des Pharaons leur a survécu, puisqu'il excite encore des convoitises.

On pourrait citer bien d'autres exemples de pays n'ayant plus de roi, même l'ayant chassé, et conservant néanmoins l'amour et le respect du trône. Mais ne faisons pas de politique et n'ayons pas le triomphe outrecuidant. Il nous suffit d'avoir victorieusement établi qu'il y a dans un trône quelque chose d'immortel qui fascine et attire l'humanité. Cette attirance existe aussi, du reste, quoique en moindre proportion, pour les sièges qui ont été seulement occupés par des célébrités, comme l'acier conserve le fluide magnétique rien que pour avoir frotté l'aimant. J'ai ouï dire qu'il y avait sous une coupole quarante fauteuils qui sont doués de cette puissance d'attraction. Quant à la mienne, elle dure encore, malgré la disgrâce dans laquelle je suis tombé.

Il faut vous dire que, depuis longtemps déjà, je suis relégué, par retrait d'emploi, au fond d'un palais, dans une sorte de musée où l'on a groupé quelques curiosités historiques. Dans ce palais habitent souvent de hauts personnages, et je revois encore de ces grands dignitaires de la diplomatie, de l'armée et de l'Église dont je fus jadis entouré. Mais je vois aussi, certains jours où ma salle est ouverte au public, de la bourgeoisie et du peuple, que je n'avais jamais connus, du temps de ma gloire, que par des clameurs lointaines, les jours d'émeute, et par des attouchements brutaux, les jours de révolution.

246

Eh bien, l'attraction que j'exerce est encore si grande sur tous, peuple, bourgeois, clergé, noblesse, que chaque visiteur, sans exception, éprouve le besoin irrésistible de s'asseoir sur mon siège. On a bien pris soin d'essayer de me soustraire à ces embrassements en m'entourant d'une balustrade et en plaçant une pancarte prohibitive devant moi. Autrefois même, un conservateur de musée, jaloux de ma respectabilité, avait eu l'idée saugrenue de faire dissimuler des épingles sous l'étoffe de mon coussin. Cela punissait les sacrilèges, mais ne les empêchait pas. Sitôt que le gardien s'absente, le rempart est franchi et le trône occupé.... Et, dès qu'il est assis, l'envahisseur, quel qu'il soit, n'a plus dans l'esprit qu'une seule pensée : *Si j'étais roi !* Un album dans lequel on réunirait toutes les physionomies de ces monarques éphémères formerait une collection bien curieuse. On y verrait, saisies sur le vif, toutes les variétés des poses les plus prétentieuses, toutes les expressions de l'orgueil humain, quelquefois aussi, de profonde tristesse et d'amers regrets ; car, parmi mes visiteurs clandestins, j'ai eu souvent l'honneur de porter des rois en exil et des prétendants évincés.

Un certain jour même, un véritable roi détrôné, comme il s'en promène un peu partout maintenant, fut si ému de se retrouver sur un trône, qu'il perdit connaissance entre mes bras. J'entendais la société dont il s'était séparé momentanément se rapprocher de ma salle, et je pensai à la honte qu'aurait ce pauvre sire d'être découvert dans cette situation. Il me restait une de mes épingles, et le roi, réveillé, se leva d'un bond, légèrement blessé, il est vrai, mais au moins pas dans son amour-propre.

Les pensées secrètes de tous ces rois d'un moment sont aussi variées que leurs grimaces. Les uns n'y voient que la satisfaction de désirs grossiers ; d'autres, animés de sentiments héroïques, conquièrent le monde ou, plus humains, rendent la justice, refont les lois ; celui-ci inaugure une politique nouvelle, celui-là protège les arts, etc.

Le recueil de toutes ces pensées serait encore bien plus intéressant que les mines et les gestes qui les accompagnent. Comme j'ai la facilité de lire dans le fond des âmes, j'ai occupé mes loisirs de philosophe à transcrire mes observations, et ce sont elles que je publierai, sous le titre de *Souvenirs d'un trône*, bien plus que le récit des événements auxquels je fus mêlé et que l'histoire aura soin de recueillir.

L'ÉDUCATION D'AZOR

Azor, fils de Pyrame et de Zelmire, ayant été séparé de ses parents dès l'âge le plus tendre, fut élevé dans un grand palais magnifique, par les soins et, pour ainsi dire, sur les genoux d'un grave personnage tout habillé de rouge qui sentait les parfums les plus délicats. La maison était remplie de bien d'autres gens : les uns avec de grandes bottes qui sentaient l'écurie, d'autres tout en blanc qui sentaient la viande et la friture ; et d'autres encore, tout en noir, qui sentaient l'encre et les vieux papiers. Mais le rouge avait la haute main, et tous lui obéissaient ; il était comme le majordome du château, et, grâce à sa surveillance, on ne manquait de rien : bonne nourriture, bon feu, bons soins de toutes sortes.

Azor ne pouvait manifester un désir qu'il ne fût satisfait sur l'heure. Le personnel, se montrait docile à tous ses caprices, soit qu'il lui plût de traîner des savates jusque dans les salons, ou d'aider à faire le ménage ; mordillant les balais, secouant les torchons, démêlant de ses crocs les franges des rideaux, ou cardant de ses pattes les coussins des bergères. Toutes ces fantaisies étaient respectées comme jeux de prince, et chacun, dans le palais, était tenu d'avoir pour Son Altesse une absolue déférence.

Du reste, Azor n'avait généralement affaire qu'à son tuteur. C'était lui qui mettait, le matin, et retirait, le soir, le collier de cuir de Russie à gourmette et grelots d'or ; qui ajustait, pour sortir, le paletot brodé d'armoiries, avec, dans la poche, le petit mouchoir bordé de dentelle ; jetait la balle quand on voulait jouer, et découpait à table, ne donnant que les meilleurs morceaux. A l'intérieur, il marchait devant, pour ouvrir et refermer les portes ; dehors, il se tenait respectueusement derrière, suivant les fantaisies de la promenade, et attendant avec patience à tous les endroits où l'on désirait s'arrêter un instant. Enfin, la nuit, Azor dormait au pied d'un grand lit à colonnes, sur une couverture de soie capitonnée. Le fidèle serviteur se couchait sous cette couverture pour y entretenir une douce chaleur. Cette bonne créature, qui avait eu des soins de mère pour son pupille quand il était tout petit, n'avait pas non plus négligé son éducation. Tous les jours on consacrait une heure à l'étude ; et, quand il eut atteint toute sa croissance, l'élève faisait honneur à son professeur : il savait se tenir assis, attraper un morceau de sucre au vol, sauter par-dessus la canne, faire le mort et ressusciter au commandement ; en somme, toutes les belles manières d'une personne de sa condition.

Aussi Azor aimait-il sincèrement son vieil ami rouge, et, comme toutes les âmes vraiment nobles, il comprenait qu'en échange de tant de dévouement, il fallait lui pardonner quelques accès de mauvaise humeur, quand, par exemple, il prenait un ton d'autorité pour dire : « Ici, Azor ! » ou bien : « Allez coucher ! » comme s'il était le maître !

LE PORTRAIT

HER grand maître,

Hier, ayant devancé l'heure de la séance, je suis arrivé avant vous à votre atelier, et vous m'avez trouvé en contemplation devant le magnifique portrait que vous me faites. J'étais là depuis quelques instants, en tête à tête avec moi-même, je pourrais même dire têtes à têtes, au pluriel, car avec la façon dont vous disposez vos miroirs, de quelque côté que je me tournasse, je voyais mes traits en peinture ou réels, plusieurs fois répétés.

Pris ainsi en flagrant délit d'admiration de ma propre image, je vous ai dit spontanément tout le bien que je pense de ce tableau, qui, j'en suis sûr, deviendra l'un des chefs-d'œuvre les plus estimés d'un des plus grands peintres de notre époque. Je vous ai dit aussi combien j'apprécie l'honneur que vous m'avez fait en acceptant de reproduire mon petit personnage, car je sais que, si le souvenir s'en prolonge un peu dans la postérité, ce sera grâce à votre talent plus qu'à mon mérite personnel.

Le grand Corneille écrivait un jour à une certaine marquise qu'on ne saurait dans les âges futurs combien elle était belle, qu'autant qu'en ses vers il l'aurait dit. De même certains hommes n'échappent à l'oubli de l'histoire que parce qu'ils ont été portraicturés par de grands artistes. Et c'est ainsi que des Raphaël, des Vinci, des Rembrandt entraînèrent avec eux leurs plus obscurs modèles dans l'immortalité.

Je vous ai dit tout cela, et cependant je ne vous ai pas tout dit, des réflexions que m'a suggérées l'étude attentive de ce portrait. La si légère critique que j'en veuille faire est si délicate à formuler, pour ne pas même effleurer l'artiste, tout en touchant à son œuvre, que j'ai préféré vous écrire ; la plume lente et docile étant plus apte au langage de la diplomatie que la parole vive et vagabonde.

Déterminons d'abord comment ce portrait, détourné de sa conception première, est devenu ce qu'il est.

Dès le principe, nous étions d'accord, vous et moi, pour me peindre le plus simplement possible, tel que je suis presque toujours, en soutane et mosette de drap. Vous décidâtes que je serais assis, les poses debout n'étant pas favorables aux portraits coupés à mi-corps. Alors, vint le choix d'un siège. Je ne pouvais m'enfouir dans les coussins d'une bergère, comme un podagre, ni me percher sur un escabeau, comme un novice. Une chaise ne fournissait rien de pittoresque, et, pour que mes bras ne pendissent pas ballants, il eût fallu recourir aux angles de tables ou de bureaux, sur lesquels une main s'appuie, négligente, avec quelquefois des livres, un encrier ou autres bibelots ; mais vous condamniez tout cela comme étant trucs démodés, dont les photographes ont abusé.

Restait le fauteuil. Et c'est alors que j'eus l'idée de vous faire apporter celui qu'un groupe de fidèles m'avait offert pour un anniversaire. Ce meuble, fouillé de sculpture et tout doré, était-il peut-être un peu bien pompeux ; cependant, le voir choisir par un peintre de votre valeur était si flatteur pour ceux qui me l'avaient donné, les braves gens en seraient si heureux, que je n'hésitai pas à vous proposer cette bonne action. Seulement, quand je fus installé sur cette espèce de trône, mes habits semblèrent bien mesquins ; vous les trouviez peu en harmonie avec ce siège d'apparat ; vous me fîtes revêtir le grand costume de cérémonie, et voilà comment, moi qui n'avais voulu laisser à mes neveux que le modeste souvenir d'un oncle, je leur léguerai l'effigie de mon éminence couverte de soie, de dentelles, d'hermine, chargée de décorations et parée de pierres précieuses.

Ce n'est ni votre faute ni la mienne ; vous l'avez dit : fauteuil oblige ! Il faut se conformer aux lois de l'harmonie. Je la respecte même tellement, l'harmonie, que c'est en son nom que je vais risquer maintenant mes timides observations.

Certes, la tenue du corps, le port de la tête sont pleins de dignité ; les mains, à peine dessinées à la craie, sont déjà noblement posées ; les plis du vêtement sont disposés avec grâce ; enfin, tout l'ensemble du portrait, d'une grande allure, fait honneur à l'Église, dont il représente bien un grand dignitaire ; mais, quoique les traits du visage soient parfaitement ressemblants, je ne trouve pas la physionomie à la hauteur du reste ; et voici comment je m'explique cette erreur.

Quand je pose dans votre atelier, je suis entouré d'une quantité prodigieuse d'objets hétéroclites, disposés dans un beau désordre sur les meubles et les corniches ou suspendus aux murs en panoplies ; et mes yeux distraits se promènent à travers ce fouillis de curiosités. De plus, pour m'empêcher de m'assombrir, vous me racontez des histoires bien drôles avec un esprit ravissant. Je ne m'en plains pas ! Cependant, l'expression que cela me donne ne doit être empreinte ni de profonde réflexion, ni de douce piété, et ce n'est pas l'air que doit avoir un prélat assistant à une grande cérémonie. Je vous dirai à mon tour : costume oblige ! Et puis, car il y a encore quelque chose pour la fin (*in cauda venenum*), je crains que la lumière, si

252

violente, qui tombe directement sur ma tête, n'ait donné aux cheveux des reflets argentés peut-être un peu trop fidèlement copiés. Méfiez-vous aussi de me faire le visage trop coloré ; je crois que la chaleur du poêle me fait monter le sang à la face.

Le fond de l'affaire, c'est que les fidèles qui admireront ce portrait me reverront moi-même ensuite dans la pénombre des cathédrales, où les cheveux paraissent plus noirs et le teint plus pâle ; j'ai peur qu'alors de méchants esprits (il y en a) ne s'imaginent que je me teins la chevelure et me blanchis le visage. Encore une autre raison me semble bonne à prendre en considération : j'ai les mains blanches, grâce aux grands soins que j'en prends, je l'avoue, comme tous les prélats du reste, non par vaine coquetterie, mais par respect pour notre saint office ; or, toujours au nom de l'harmonie, ne faudrait-il pas qu'elles fissent trop disparate avec la tête.

Recevez, cher grand maître, ces observations d'un barbare avec toute l'indulgence qu'il réclame pour sa témérité, et décidez si les convenances du grand art permettent de faire droit à ces scrupules d'une conscience alarmée.

LES TROIS PATIENCES

Patience et longueur de temps
Font plus que force ni que rage.

Tout vient à point à qui sait attendre.

Il y a ainsi une grande quantité de proverbes, en vers et en prose, qui pourraient nous faire croire que la patience est une vertu. Cependant, le propre d'une vertu, c'est qu'on l'admire chez les autres sans l'avoir soi-même. Or, tout le monde a plus ou moins de patience et la trouve ridicule chez son prochain : un oisif, contemplant un pêcheur à la ligne, s'écrie : « En voilà un qui en a, de la patience ! Depuis deux heures que je le regarde pêcher, il n'a encore rien pris ! »

Si alors ce n'est pas une vertu, qu'est-ce donc que la patience ? Le contraire de l'impatience, évidemment. Comme celle-ci est toujours une faute qui compromet la réussite de nos projets, celle-là ne serait donc qu'un heureux calcul, dans le but de favoriser nos entreprises, quelque chose comme le génie de l'égoïsme.

Voici, par exemple, une petite scène qui se passe tous les jours, à la même heure :

Le décor représente la salle d'une habitation confortable au bord de la mer ; une grande fenêtre s'ouvre sur la grève, où les flots viennent éparpiller leur blanche écume à travers les rochers.

Devant la fenêtre, une table à dessus de drap vert recouverte de cartes à jouer disposées symétriquement par rangées ou par petits paquets ; à gauche, une grande cheminée de pierre ; à droite, un paravent de riche brocart, auquel est suspendu une quadruple pochette bondée de journaux, brochures, guides, etc., littérature de voyage, meubles disparates. En somme, installation de campagne.

Trois personnages. Un cardinal, assis devant la table, semble entièrement absorbé par les cartes. Il fait une réussite.

A côté de lui, sa gouvernante se tient debout, une tasse à la main, dans une attitude d'attente résignée.

Devant la cheminée, un grand chien danois somnole, étendu sur le tapis.

Dans la tête de chacun de ces personnages, il y a une cervelle, et dans chacune de ces cervelles, une idée dominante. Les trois idées pourraient se traduire par trois questions.

Sous la barrette, on pense : « Vais-je enfin finir par la réussir ? »

Sous la cornette : « Va-t-il enfin finir par prendre sa tisane ? »

Et sous la calotte de poil aux oreilles pointues : « Va-t-on enfin finir par sortir ? »

Ces questions, qui commencent toutes les trois par : « Va-t-on enfin finir par », prouvent qu'il y a longtemps qu'on attend la réponse. Donc, les trois personnages font preuve de grande patience, chacun dans son genre.

Pouvons-nous déduire maintenant les calculs qui ont engendré ces trois patiences ? Parfaitement !

Le cardinal, sans être superstitieux, attache une grande importance à son jeu. Peut-être s'est-il dit : « Si ça réussit, je serai pape ! » Et l'on comprend que, si peu ambitieux qu'on puisse être, on ne va pas compromettre une affaire pareille par un mouvement d'impatience ou un manque d'attention.

La gouvernante a pour mission de veiller sur la santé de son maître. Il faut qu'il prenne sa tisane. Ce n'est pas la peine de venir se reposer au bord de la mer si l'on ne se soigne pas. Elle ne peut pas poser la tasse sur la table : il n'y a plus de place. Si elle la dépose sur un autre meuble, Monseigneur l'oubliera et ne la prendra pas.

Quant au chien, il sait bien que s'il aboie ou si seulement il tournaille dans la salle, en renversant les chaises avec sa queue, on le renverra à sa niche, où on l'attachera jusqu'au soir. Il doit donc éviter de rappeler sa présence.

Tous ces calculs seront-ils couronnés de succès ? Sera-t-il pape ? Ira-t-il promener son chien ? On n'en sait rien encore ; mais il est probable qu'au moins il prendra sa tisane. Libre à vous, du reste, d'attendre, pour le savoir... si vous en avez la patience.

LE PETIT NEVEU

Cet excès de tendresse
Que l'on a pour l'enfant
Tient-il à sa faiblesse ?
Peut-être ! Et cependant,
Si l'on met en présence
Un bébé radieux,
Un vieillard sans défense,
Le plus faible des deux
N'est pas celui qu'on pense.

Va ! casse le lorgnon,
Sur le bureau piétine,
Mon trésor, mon mignon !
Va ! ta grâce enfantine
Aura toujours raison !
Car ton rire en folie
Et l'éclat de tes yeux
C'est l'amour, c'est la vie
Qui rentre au cœur des vieux !

LE CHOIX D'UN PRÉDICATEUR

Monseigneur, assis sur sa grande stalle de bois sculpté, entre son feu et sa tisane, les pieds dans sa chancelière, la barrette enfoncée jusqu'aux oreilles, les mains gantées, préservé des courants d'air par un grand paravent, se sentait cependant froid partout. La goutte le travaillait ; il souffrait un peu et s'ennuyait énormément, quand il reçut la visite d'un moine porteur de la lettre que voici :

« Éminence vénérée et cher ami, en vous envoyant le prédicateur que vous me demandez, je regrette que le moment soit si peu propice, car tous nos meilleurs pères sont engagés pour le carême et il ne nous reste que des débutants. Le porteur de cette lettre est ce que nous avons de mieux pour l'instant. C'est encore un peu fruste, un peu violent ; la voix est peut-être un peu haute, les gestes parfois trop exubérants ; mais la phrase, longue et redondante, est bien construite, la théologie est profonde ; avec cela, une foi sincère, un respect absolu du dogme, une austérité

exemplaire et une force infatigable. Il peut parler sept heures sans s'arrêter. Ah !
celui-là ne vous tombera pas en syncope en plein prêche, comme le pauvre père
Eusèbe, un orateur de génie, je le veux bien, mais sur lequel vous ne pouvez pas
compter, puisque vous lui cherchez un suppléant. Sans vouloir vous inciter à prendre
quand même mon protégé, je puis vous dire que, si vous le jugiez convenable, j'en
serais bien fier pour l'honneur de notre ordre, et aussi, hélas ! par raison pécuniaire,
car en ce moment nous sommes bien pauvres ! »

Ici, Monseigneur, interrompant sa lecture, mit la lettre dans sa poche.

« Oui, oui, pensait-il, prenez mon ours ! Ce bon prieur est un enjôleur qui soigne
très bien les affaires de son couvent ; mais je suis Normand comme lui ! nous n'achetons pas chat en poche, comme disent nos compatriotes. Nous allons juger ce
gaillard-là. »

Tous en faisant ces réflexions, le cardinal promenait un regard investigateur sur
le moine, intimidé, qui se tenait à distance respectueuse. L'aspect n'était pas séduisant : laid de visage, sec, nerveux, dégingandé, grandes mains osseuses, extraction
plébéienne évidemment.

Après cet examen, Monseigneur dit enfin :

« Mon frère, débarrassez-vous et commençons de suite. Vous savez pourquoi vous
venez ? »

Le moine, ayant déposé son chapeau, sa canne et une grosse liasse de papiers
sur une chaise, semblait chercher quelque chose.

« Ah ! oui, reprit Monseigneur, il vous faut les accessoires. Tenez, ce fauteuil
simulera la chaire ; décrochez ce crucifix d'argent ; il est un peu lourd, mais vous
avez l'air solide. Tout d'abord, je vous préviens que vous prêchez devant des gens
du plus grand monde ; les femmes futiles, les hommes sceptiques ; il ne faut pas les
froisser ; ainsi, pas de violences, de l'insinuation. De plus, ce sont toutes personnes
quelque peu lettrées, qu'un langage vulgaire offusquerait ; soignez le style, et surtout
pas d'images grossières ou répugnantes ; de l'élégance, du bon ton. C'est compris ?
Vous avez un thème préparé ?

— Si Son Éminence m'autorise, répondit le grand moine, j'ai choisi *Qui bene
amat, bene castigat.*

— Soit, dit le goutteux ; qui aime bien châtie bien. Cela s'applique à ma situation.
Allez, mon frère, je vous écoute. »

Alors, le prédicateur, un instant recueilli, étendit les bras comme un crucifié et commença d'une voix tonnante :

« Mes frères, *qui bene amat, bene castigat,* c'est-à-dire que Dieu, dans sa bonté infinie, inflige les maux les plus cruels à ceux qu'il aime, afin de leur faire gagner le ciel par la souffrance sur la terre.

« O mères douloureuses, quand vos enfants, convulsionnés, tordus, expirent entre vos bras ; soldats, quand la mitraille, fouillant votre poitrine, met à nu vos entrailles sanglantes ; vieillards, quand la paralysie envahissante n'a laissé sur votre visage sans yeux, comme dernière lueur de vie, que le sourire idiot sur vos lèvres sans voix ; vous tous enfin que la douleur extrême a conduits jusqu'au bord du sombre désespoir, remerciez la Providence : c'est un degré de plus que vous venez de gravir sur l'échelle de Jacob qui monte au ciel !

« Mais, si Dieu ne vous a pas choisis, s'il vous trouve indignes de la souffrance, si, comblés de richesses, vous menez une vie saturée de plaisirs, si vous et les vôtres jouissez de santés florissantes, si votre existence, comme un char enguirlandé de fleurs, traverse sans encombre cette vallée de misères où cheminent péniblement tous ceux que le malheur accable, alors, vous marchez vers les flammes éternelles de l'enfer. Eh bien, pour fléchir la colère du Seigneur, qui ne vous aime pas assez pour vous châtier, châtiez-vous de vos propres mains. C'est à vous surtout que je m'adresse, grandes dames qui m'environnez dans cette enceinte. Donnez l'exemple ; punissez-vous par où vous avez péché ; sacrifiez cette coquetterie qui perd vos âmes. Je ne vous dirai pas de quitter le monde pour vous réfugier dans un cloître, vous avez des devoirs de mères et d'épouses à remplir ; mais pourquoi, nouvelles nonnes laïques, ne porteriez-vous pas la bure comme celles qui vivent au fond des couvents ? Comme elles, sacrifiez vos chevelures, dont vous êtes si vaines ; chaque coup de ciseau sera un pas vers.... »

— Assez ! assez ! s'écria Monseigneur, interrompant brusquement l'orateur exalté. Ne vous fatiguez pas, mon frère ; il n'est pas besoin que vous parliez sept heures pour qu'on juge de votre valeur ; allez et dites au prieur que votre éloquence m'a littéralement suffoqué. Cela dépasse tout ce que j'aurais pu soupçonner. »

Le prédicateur vit bien qu'en effet le prélat était sous l'empire d'une forte émotion, et, tout modeste qu'il fût, il s'en trouva fortement flatté. Il prit congé en remportant... ses papiers, sa canne et son chapeau.

260

Quand il fut parti, Monseigneur, oubliant sa goutte, se leva d'un bond.

« Le malheureux !... Ah ! mon cher prieur, vous êtes indulgent ! Vous dites un peu violent ? mais c'est un énergumène ! la voix haute ? il pousse des hurlements ! les gestes exubérants ? c'est-à-dire que c'est un guignol épileptique ! Il m'a gesticulé et mimé les convulsions de l'enfant, le soldat mitraillé, l'aveugle paralytique.... Et ce geste circulaire, incommensurable, pour l'enceinte des grandes dames ?... Et le style ? ah ! vous pouvez le qualifier de redondondondant !

« Non ! les marches de l'échelle de Jacob ! le char enguirlandé dans la vallée de misères ! les nonnes laïques !... Ça, c'est du génie.... Et les grandes dames, on les voit allant au bal en sarrau de laine et les cheveux tondus à l'ordonnance !

« Quand je pense que j'ai pu entendre et voir ça sans éclater de rire !... Non, j'ai dit la vérité, j'ai été suffoqué !

« Savez-vous ce que je devrais vous répondre, vénéré prieur et cher ami ?

« Je ne puis engager votre Bossuet pour le carême tout entier ; mais je le retiens pour la mi-carême. »

Sur ce bon mot, Monseigneur s'aperçut qu'il n'avait plus froid du tout, au contraire, et que son accès de goutte était totalement passé. Cette réaction lui avait été salutaire, et il pensa conseiller à son ami d'employer son prédicateur comme moine guérisseur.

Eh ! ma foi, pourquoi pas ?... Avec un prospectus adroitement fait, orné d'une étiquette d'un caractère monastique un peu suranné.... Il n'en a souvent pas fallu plus pour faire la fortune d'un couvent !

LA FÊTE DU CARDINAL

Les grands laquais, chargés de précieux fardeaux,
Dès le lever du jour apportaient les cadeaux :
Des fleurs, des fleurs, des fleurs, bouquets, gerbes, corbeilles,
Des écrins, des coffrets contenant des merveilles,
Et surtout une croix avec ce mot flatteur :
« Elle est digne d'un pape, et, sans impertinence,
« On ne pouvait l'offrir mieux qu'à Votre Éminence. »
Prends garde, beau prélat ! prends garde au tentateur !
Aimer le compliment serait une faiblesse,
Si l'on n'était pas sûr de l'avoir mérité ;
Et si, n'ayant pour soi que le rang, la noblesse,
On s'y croyait des droits, ce serait vanité.

TABLE DES MATIÈRES

DU TOME PREMIER

264

LIVRE VIII

LES PRÉLATS A TRAVERS LE MONDE

LIVRE IX

CONTES ET FANTAISIES

LIVRE X

FAIBLESSES ET VANITÉS

FIN DU TOME PREMIER

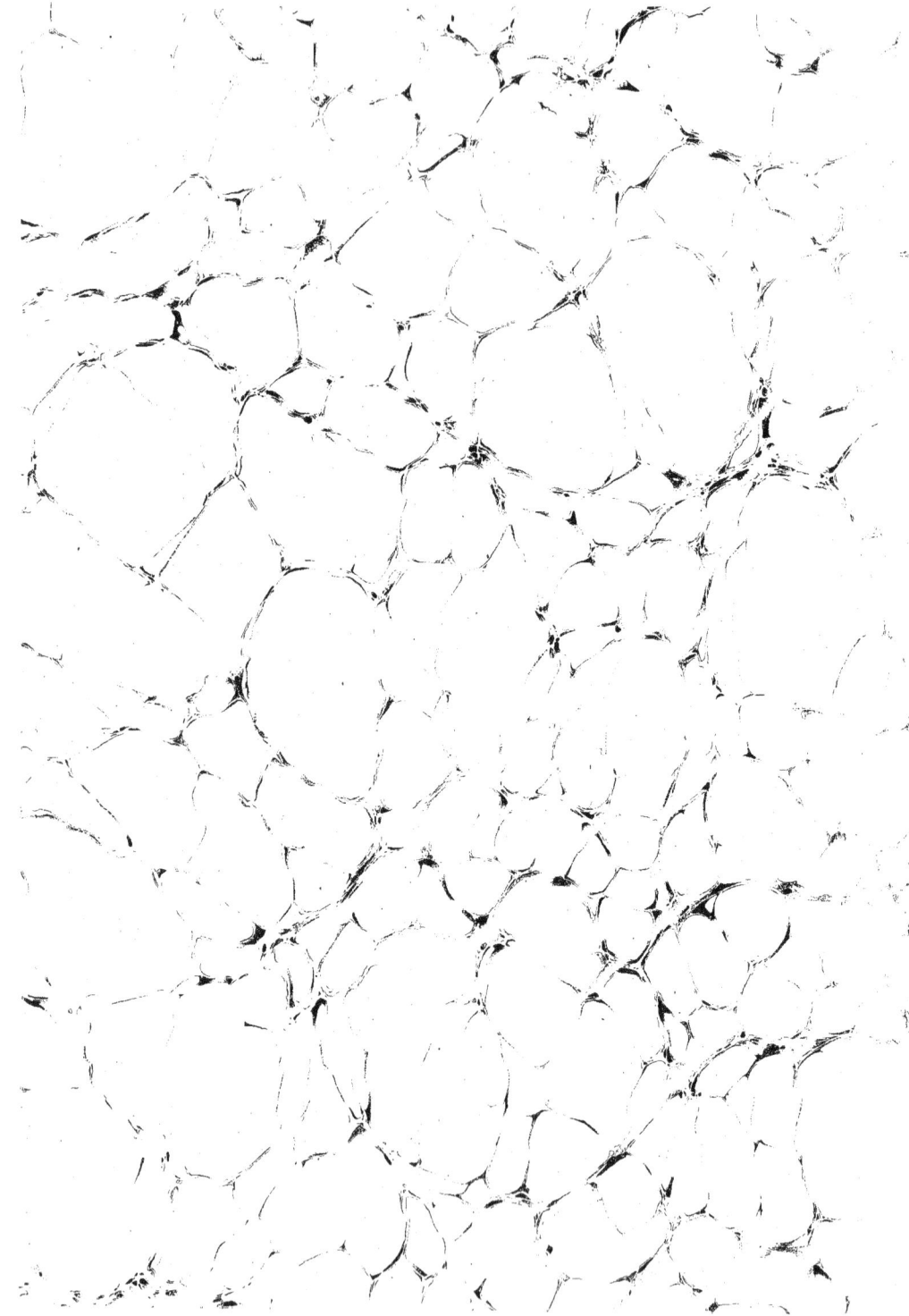

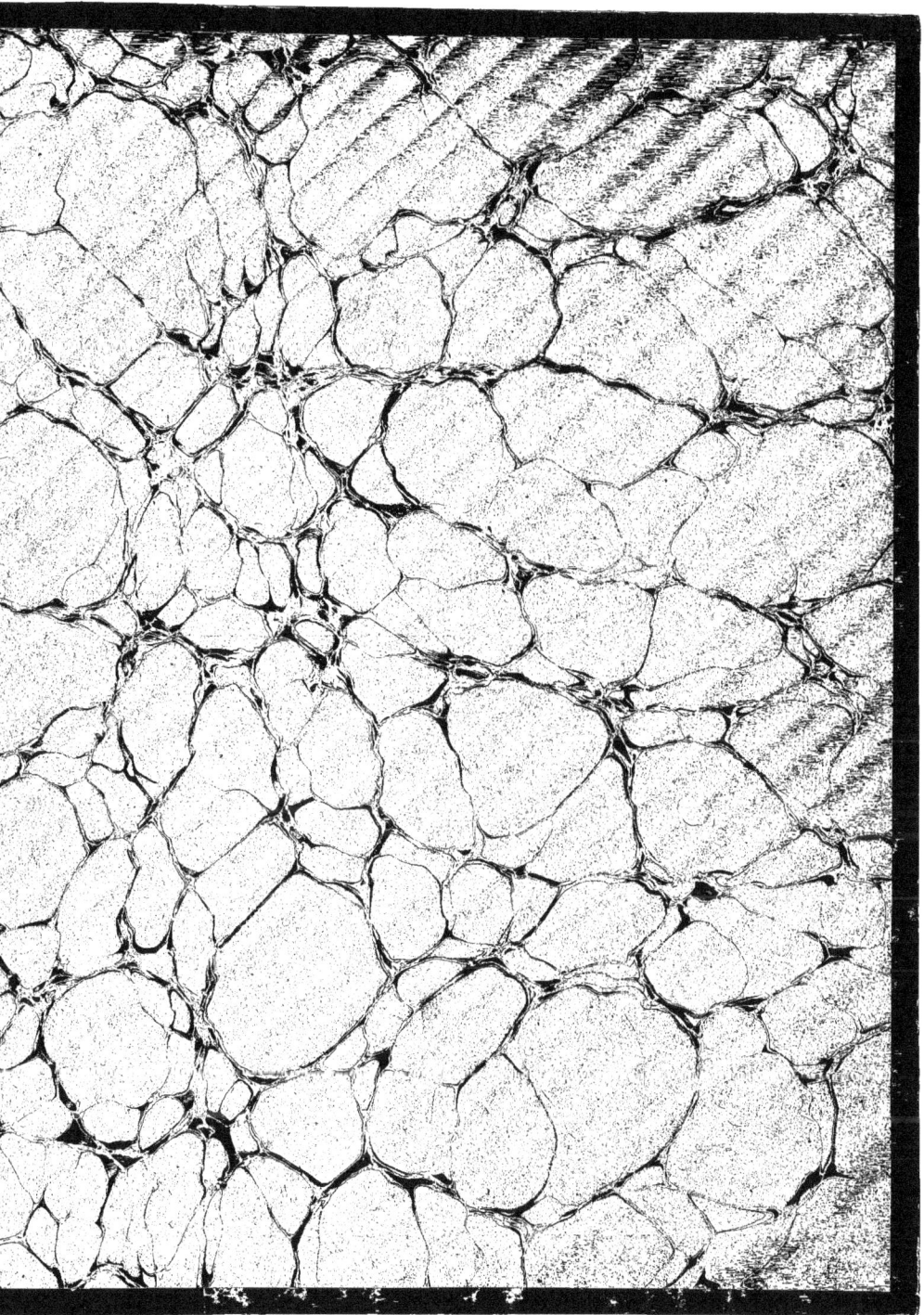

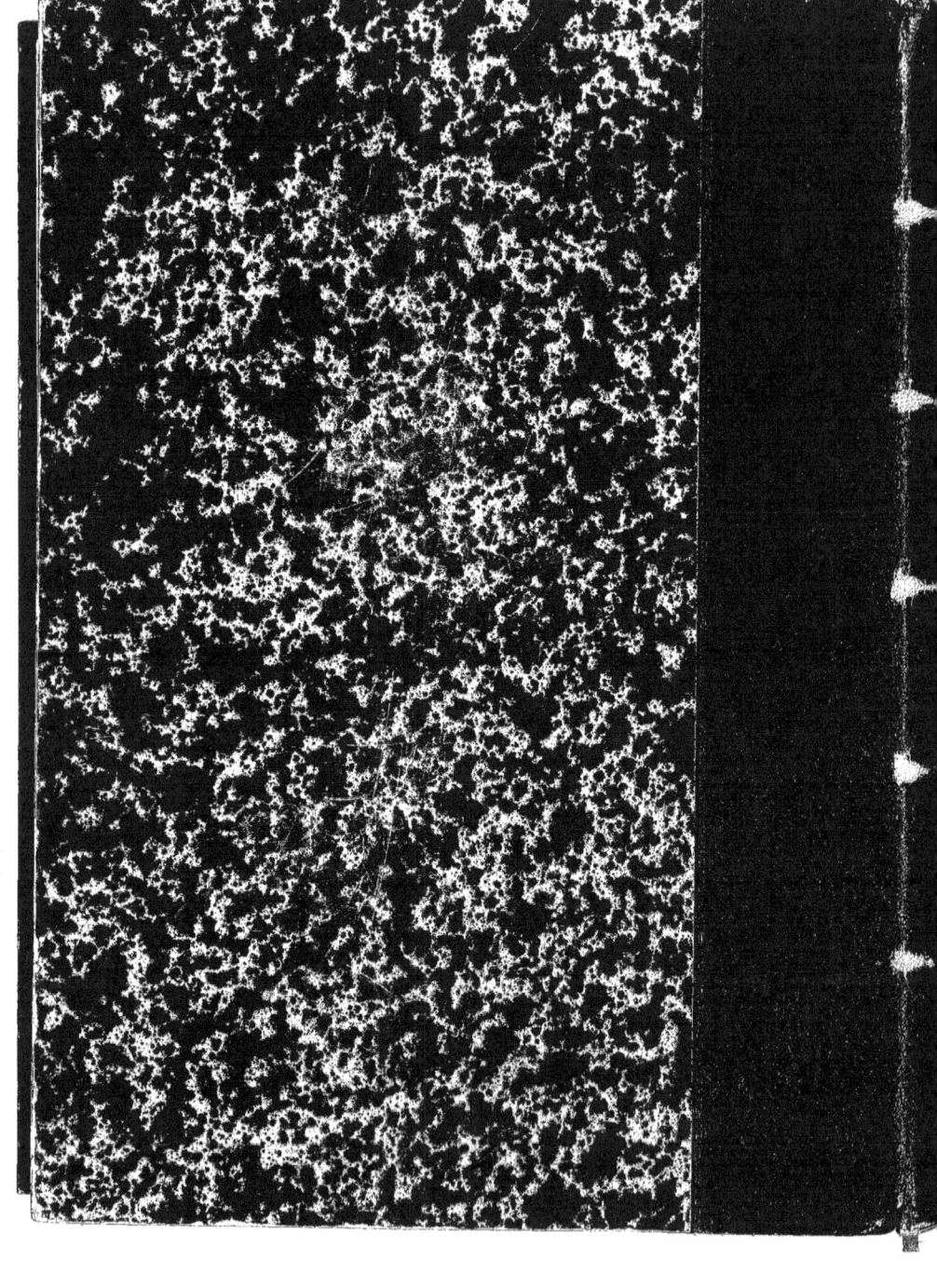

www.ingramcontent.com/pod-product-compliance
Lightning Source LLC
Chambersburg PA
CBHW071906020726
47502CB00003B/914